熾天使空域《セラフィム・ゾーン》

銀翼少女達の戦争

榊　一郎
Ichiro Sakaki

C★NOVELS Fantasia

原案・監修　松田未来
口絵・挿画　BLADE

目次

熾天使空域《セラフィム・ゾーン》

銀翼少女達の戦争

序章

空戦《くうせん》の勝敗を決めるのは忍耐《にんたい》だ。

少なくとも——追浜源一郎《おいはまげんいちろう》はそう考えていた。

「…………！」

全身を押さえ付ける、激《はげ》しい重力《じゅうりょく》加速度《かそくど》。

意識は風防硝子《ふうぼうガラス》の向こう側の敵機《てっき》に集中していながら、血液《けつえき》が脳《のう》から下半身へと追いやられていくのを感じる。人間の小さく非力《ひりき》な心臓《しんぞう》は、こんな環境下《かんきょうか》で働く事を前提《ぜんてい》には出来ていない。そもそも人は、空を飛ぶ様になど出来てはいないのだから。

視界《しかい》が暗く濁《にご》り、細く閉じていく。

全てが暗転したら、それで終わりだ。

歯を食いしばり、下腹《したばら》に力を入れて、遠のこうとする意識を無理矢理に引きずり戻す。

耐《た》えろ。耐えろ。耐えろ。耐えろ。ここが正念場《しょうねんば》だ——そう自分に言い聞かせる。

「…………ぐッ……」

一歩間違《まちが》えば、空中分解《ぶんかい》しかねない危険《きけん》な操《そう》縦《じゅう》である。

だが相手が、運良く低速域での格闘戦《かくとうせん》に乗ってきてくれた以上、自分の乗る機体の――零式《れいしき》艦上《かんじょう》戦闘機五二型の、特性を活《い》かした戦い方が出来る。たとえ危険でもその一歩、いや、半歩手前で踏《ふ》み留《とど》まってみせるのが、戦闘機乗りの――否《いな》、戦士の真骨頂《しんこっちょう》だ。

「………くッ……」

風防の向こうで、敵機が少しずつ、前方へとつんのめって行くのが見えた。

敵機の操縦士が、驚いてこちらを振り向いている様子が、それこそ手に取る様に、源一郎には分かった。脳裏《のうり》に、微《かす》かな優越感《ゆうえつかん》――いや悪戯《いたずら》が上手《うま》く行った時の様な、爽快感《そうかいかん》を感じながら、源一郎は小さく頷《うなず》いた。

青黒く、ずんぐりした胴体《どうたい》の敵機が、完全に零戦の前に出た。

F6F〈ヘルキャット〉――源一郎達は『グラマン』と呼んでいる。

手強《てごわ》い敵だ。いざ出会えば一瞬《いっしゅん》たりとも気が抜けない。

「――ッ！」

照準器《しょうじゅんき》の中――光る照準環《かん》が敵機の姿を捉《とら》える。

グラマンは防弾装備《ぼうだんそうび》の塊《かたまり》だ。操縦席だけでなく燃料《ねんりょう》タンクにまで念入りな防弾措置《そち》を講《こう》じてあるという。七・七ミリ機銃では当てたとしても致命傷《ちめいしょう》を負《お》わせるには至《いた》らないだろう。角度《かくど》によっては弾《はじ》かれてしまうのを、源一郎は経験済みだった。

ならば当然――大威力《いりょく》の二〇ミリ機銃の出番となる。

だが、これは弾数が少ない上に発射《はっしゃ》速度も遅《おそ》い。五二型では命中精度《せいど》その他は改善されているが、気軽にばら撒《ま》けないという意味では、零戦にとって尚《なお》、伝家《でんか》の宝刀《ほうとう》、切《き》り札《ふだ》、そういったものである。

一度仕損じれば、機会は恐《おそ》らく二度とない。

敵機が降下《こうか》で増速して逃げる前に、仕留めなければならない。

だから源一郎は、躊躇《ちゅうちょ》無く左手に握《にぎ》った発射桿《かん》を引いた。

「――すまん」

そんな……呟《つぶや》きと共に。

旋回《せんかい》して何とか源一郎の零戦を振り切ろうとしていたグラマンの、機体そのものではなくややや前方の虚空《こくう》を狙《ねら》う様にして――斬《き》り付けるかの様な、一連射。

翼《つばさ》に命中した機銃弾が炸裂《さくれつ》し、左翼《さよく》の一部を吹き飛ばした。


ここまでは源一郎の目論《もくろ》み通り。

だが――

「――！」

予想以上に大きく噴《ふ》き上がる炎《ほのお》。

左翼の破損《はそん》と同時に、燃料槽《そう》に火がついたらしい。

七・七ミリ機銃の威力では防弾燃料タンクに火をつける事は不可能だっただろう。だが二〇ミリ機銃の弾丸は焼夷徹甲弾《しょういてっこうだん》だ。大口径《だいこうけい》の弾頭《とう》には火薬《かやく》が詰《つ》まっていて、命中と同時に炸裂する。

(早く――早く脱出《だっしゅつ》しろ！)

源一郎は胸の奥でそう叫《さけ》んでいた。

鬼畜米英《きちくべいえい》――何度も何度も上官《じょうかん》からそう教えられてきた。国民の多くも、大本営《だいほんえい》のそんな喧伝《けんでん》を疑《うたが》う事無く信じている。奴等《やつら》は自分達とは違う、悪鬼《あっき》なのだと。

だが、源一郎は何度か、捕虜《ほりょ》となった米海軍の操縦士を見た事がある。

そこに居たのは、対立する立場の敵ではあっても、同じ人間だった。飛行服の中に家族の写真を大事そうに忍《しの》ばせているような――妻と子供の笑顔をお守《まも》り代わりに、戦場に出掛《でか》けねばならなかった、一人の男が居るだけだった。

恐らくあの戦闘機の操縦士にも、帰りを待つ家族が居る。

だから――

「……早くッ！」

思わず源一郎はそう叫んでいた。

自分の手で撃墜《げきつい》しておきながら、勝手な話だとは思う。だが、それでも源一郎は敵操縦士の脱出を祈《いの》らずにはおれない。仲間の戦闘機乗り達は、そんな源一郎の性格を『軟弱《なんじゃく》』と陰《かげ》で笑っているらしいが――それでも。

尚も旋回して逃げようとするグラマン。

これを追いながら――止《とど》めを刺《さ》すというよりも、相手の脱出を見届ける為《ため》に――源一郎は操縦席の天蓋硝子《キャノピ》が開くのを、そしてそこから落下傘《らっかさん》を背負《せお》った操縦士が飛び出すのを待った。

だが――次の瞬間。

「――！」

グラマンの被弾《ひだん》した左翼は、中央から折れていた。

機体は回復不能なきりもみ状態に陥《おちい》る。黒煙《こくえん》を吐《は》きながら、グラマンは落ちていき――そこから敵の操縦士が脱出する事は、最後まで、無かった。

「………………すまん」

改めてそう呟く源一郎。

彼は機を僅《わず》かに傾《かたむ》け、黒煙の尾を引いてグラマンの消えていった、青黒い海原《うなばら》を見下ろし

──左手で敬礼《けいれい》した。

「…………」

だが、いつまでも感傷に囚《とら》われている訳にはいかない。

あの男にも恐らく家族が居た様に──自分にもまた、帰りを待つ妻と子が居る。

是《ぜ》が非《ひ》でも、生きて還《かえ》らねばならない。

源一郎は、改めて頭を巡《めぐ》らせ、視線《しせん》を周囲に走らせる。

そして──

「──⁉」

頭上に燦《きら》めく──何か。

「……しまった！」

己の間抜けさに、源一郎はほぞをかむ思いだった。

落ちていく敵機を眼で追うのに夢中になって、彼は頭上に占位《せんい》するその何か──恐らくは敵機──の存在に気付くのが遅れたのだ。

空中戦においては、『上』を確保した方が──上方に占位した方が圧倒的《あっとうてき》に有利《ゆうり》だ。

つまり今の源一郎は絶体絶命、頭上の相手に生殺与奪《せいさつよだつ》の権を握られているに等しい。

急降下で振り切ろうとしても、相手がグラマンなら簡単《かんたん》に追いつかれる。相手は零戦の二倍近い出力の発動機《エンジン》を積んだ化け物だ。逃げ切れない。

「くっ……」

源一郎は操縦桿を目一杯引くと、強引に宙《ちゅう》返《がえ》りの態勢に入った。先に格闘戦で墜《お》とされているグラマンを、この相手も見ているだろう。

ならば、零戦に格闘戦を仕掛《しか》けてくる可能性は限りなく低い。だがそれでも源一郎としては他に採《と》るべき手段が無かった。

しかし……

「ぐ……う……」

再び、凄《すさ》まじい重力加速度が全身を襲《おそ》う。

頭上に見えていた敵機らしい光は——しかし源一郎の予想に反して、零戦の後方に食らいつこうとしていた。

（相当腕《うで》に自信があるのか？）

どうも先に墜とした敵機といい……最近のグラマン乗りは零戦に対して恐れること無く格闘戦を仕掛けてくる様に思う。戦況《せんきょう》は連合国側に有利と囁《ささや》かれているが、そうした背景を以《も》って、操縦士まで気が大きくなっているのだろうか。

いずれにせよ——

（こちらの得意な領域に踏み込んできてくれるのならば、有り難い）

距離は詰まってきている。

速度は圧倒的に向こうが上。これは最初から分かっている事だ。


だが——源一郎には未《ま》だ秘策《ひさく》が有った。

宙返りの頂点手前で、機体を左に傾け、斜《なな》め旋回に入る。

左斜めに機体が横滑《よこすべ》りし、通常の旋回より遥《はる》かに小さな半径《はんけい》での旋回が可能になるという——いわゆる『左ひねり込み』戦法。実戦で使う操縦士は少ないが、上手く付いてきてくれれば、敵機は源一郎から見て右前方へと滑り出てくる——筈《はず》だった。

「——なに⁉」

だが……あろう事か、その敵機の位置は全く変わっていなかった。

源一郎の無茶とも言うべき機動に、遅すぎず、早すぎず、ぴたりと追随《ついずい》して——しかも、源一郎の秘策をあざ笑うかの様に、再び機体の真上に占位してきたのだ。

優劣《ゆうれつ》を論じるのも愚《おろ》かしい程の……別次元《べつじげん》の

性能。

天蓋硝子の向こう側に、輝《かがや》く機体が見える——が。

（グラマンじゃ……ない？）

当初はその輝きが、陽光の反射《はんしゃ》によるものだと思っていた源一郎だが、今は、明らかに違うと分かる。旋回中も後も——角度を変えても、その機体は同じ様子で輝き続けていた。それはつまり、機体そのものが光を発しているという事だ。

だがそんな戦闘機が存在するのか？

零戦はおろかグラマンすら玩具《がんぐ》に見える、この異常な空戦性能は——

「……………アメリカの……新型機……？」

呆然《ぼうぜん》と頭上の相手を見上げる源一郎。

駄目《だめ》だ。勝てない。

そう覚悟《かくご》して彼は——救命胴衣《きゅうめいどういご》越しに飛行服の胸元を押さえ、攻撃が来るのを待った。

殺す者はいつか殺される側に回る……それが道理というものだ。

だが——

「…………？」

攻撃が来ない。

輝く機体は、他に何をするでもなく、しばし源一郎の零戦に寄り添《よそ》うかの様に飛び続けて——

「なんだ……？」

するり、と光の一線が源一郎を——彼の乗る零戦の上を滑っていく。

照明と呼ぶには弱く、細すぎる。音も無く、撫《な》でる様に、光は何度か機体の上を往復し、それから唐突《とうとつ》に消えた。

これは一体何なのか？

その後——

「――！」

相手の機体は急激に方向転換。戦闘機としてはあり得ない様な旋回性能を見せて、空の彼方《かなた》へと飛び去っていた。

瞬《まばた》きを一つ二つ、そんな僅かの間に、輝く機体の姿は、完全に消え去っている。

まるで……その存在自体が幻《まぼろし》であったかの如《ごと》くに。

「なんだ……？」

今のは一体何だったのか。

見逃してくれたのだろうか？

否、そもそも敵ではなかった？

だがそれならば、何故《なぜ》――

「いや、そういえば――」

源一郎は噂《うわさ》に聞いた事があった。

どこの所属ともしれぬ正体不明の機体が、戦場に現れる――と。

攻撃してくる訳ではなく、ただ、戦闘機に寄り添う様にしてしばらく飛ぶと、何処《どこ》かへ去って行くという謎《なぞ》の飛行物体――『幽霊《ゆうれい》戦闘機』

あれがそうなのか。

「………」

源一郎は機体を水平に戻しながら、大きく息を吐いた。

どうやら生き延びる事が出来たらしい。

改めて周囲をよく見回しても……他に機影《きえい》は見当たらない。

源一郎は飛行服のポケットから、航空地図と一緒《いっしょ》に収められている一枚の写真を取り出した。

戦争に出てから何度も何度も取り出しては眺《なが》めているせいで、端《はし》は既《すで》にすり切れているが、そこに映《うつ》っている妻子《さいし》の姿は変わりない。

源一郎は――一度は、死を覚悟した自分を恥《は》じた。

「――俺《おれ》は、還る」

待っているてくれている妻子の元へ。

たとえ卑怯者《ひきょうもの》よ、臆病者《おくびょうもの》よ、と誹《そし》られようとも。

たとえ同じ境遇《きょうぐう》であろう敵を何機墜とそうとも。

耐えて。耐えて。耐え抜いて――

「還るんだ」

自分に言い聞かせる様に――零戦の発動機《エンジン》が放つ振動と轟音《ごうおん》に包まれながら、源一郎は繰《く》り返《かえ》しそう呟いていた。

第一章　遭遇

左手には、深緑《しんりょく》に包まれた山の連《つら》なり。

右手には、果てし無く広がる碧《あお》い海原。

そして頭上には――優しい蒼《あお》を湛《たた》えた、大空と白い入道雲《にゅうどうぐも》。

田舎《いなか》そのものといった、のどかな風景の真ん中を……細い道が一本、貫《つらぬ》いて伸《の》びている。俺はそこを、急ぎ歩きで実家へと向かっていた。

日差しは強く、遠くに蟬《せみ》の鳴《な》き声《ごえ》が聞こえる。

季節は夏真《ま》っ盛《さか》りだった。

「将《しょう》にぃ――」

俺の背中に聞き慣《な》れた声が追い縋《すが》ってきた。

「待って、待って、待ってぇ！」

「………」

俺は脚《あし》を止めて振り返る。

遥か後方、距離にすれば百メートル余《あま》り……今まさに俺が歩いてきた田舎道を一人の女の子が走ってくる。さすがに暑いせいか、いつもはそのまま垂《た》らしている長い黒髪《くろかみ》を、後頭部でポニーテール状に括《くく》っているが——あまり活発な印象は無い。むしろ両手をばたばたと必要以上に振り回し、それでいながら、のたのたと走るその姿は、見るからに鈍臭《どんくさ》そうだった。

というか実際に鈍臭いのだ。

彼女——追浜澪《おいはまみお》という俺の、はとこは。

「将にぃ、歩くの速す——ぎにっ？」

あ。こけた。

べしゃ、と擬音《オノマトペ》でも添えたくなるような、見事な転びっぷりだった。両手を万歳《ばんざい》するかのように前に出した状態で、俯《うつぶ》せに倒れている。まあいつもの事だ。身体《からだ》が軽いせいか、不思議と転んでもあまり大怪我《おおけが》をしないのだが……だからこそ教訓《きょうくん》が生きない感じである。

「あー……」

俺は溜息《ためいき》をついて澪の方に駆《か》け寄った。

「ほれ。大丈夫《だいじょうぶ》か？」

「だ、大丈夫、大丈夫……」

そう言いながら俺の差し出した手に縋り付いて身を起こす澪。この辺はもう何度も繰り返しているのでお互いに慣れっこ、声を掛けるのも一種、儀式《ぎしき》みたいになっている。

「……ていうか」

大きな黒瞳《くろめ》が、少し恨《うら》めしそうに俺を見つめてくる。

「将にぃ、歩くの速すぎ」

「仕方ないやろ。はよ帰らんと新幹線《しんかんせん》に間に合わへん」

俺は澪を引っ張りあげて立たせ——そう言った。

つい先日まで、俺もこの田舎で暮らしていたのだが……進学の関係で、今年からは東京暮らしである。課題が山積《やまづ》みになっているので、いくら夏休みだからといっても、郷里《きょうり》で遊び呆《ほう》けている訳にはいかないのだ。

「それは、分かってるけど……でも」

少し拗《す》ねたように俯《うつむ》いて言う澪。

俺のはとこは、こういうところが妙に可愛《かわい》い——というより幼《おさな》い。全体的に天真爛漫《てんしんらんまん》でおっとりしているのだ。身長や体重は同世代の平均くらいだと思うが、正直、言動だけ見ていると中学生には見えないというか……小学生のように見える時すらある。

俺としては、もうちょっと歳相応《としそうおう》の生意気《なまいき》さとか、闘争心《とうそうしん》とか、そういうものを身に付けても良いとは思うのだが。

「なら、ちゃっちゃと歩くで」

俺は愚図《ぐず》る澪を促《うなが》して、再び歩き出す。

ただし今度は少し歩調を緩《ゆる》めて、だ。また澪が転んだら、余計に時間と手間を喰《く》う。新幹線は——まあ、親に頼んで車を出してもらえば、何とかなるだろう。

「だから、待って、待ってや」

そう言って、澪が俺の横に並ぶ。

それから——

「——あ」

ふと彼女は、何かに気付いた様子で空を見上げた。

「飛行機雲！」

俺もつられて澪の視線を追う。

深い蒼に染《そ》まった空に、一筋《ひとすじ》の飛行機雲が伸びているのが見えた。その白い航跡《こうせき》の先端《せんたん》には黒い機影も視認《しにん》出来る。翼の端が太陽の光を受けてきらりと輝いた。

「澪は、ほんまに飛行機が好きやな」

まあ俺も嫌《きら》いではないのだが。

男の子が自動車や飛行機が好きなのは珍《めずら》しく

ないが、女の子が飛行機好きというのはちょっと珍しいのではないか。しかも澪の場合、趣味《しゅみ》が乗り物方面に偏《かたよ》っている訳ではなく、とにかく飛行機だけが好きなのだ。

「うん。空飛ぶのって素敵《すてき》やとおもわへん？」

ほわんと緩んだ笑顔で澪はそう言った。

彼女の髪《かみ》――額《ひたい》の傍《そば》には左右一対《いっつい》、白い三菱《みつびし》形の髪留めが付いているが、これは確かプロペラがモチーフなのだと聞いた事がある。昔から彼女のお気に入りなのだ。

「いやまあ、それはそうかもしれへんけどな。澪の飛行機好きはなんていうか、血かもな」

「……血？」

ぱちくりと眼を瞬《しばたた》かせる澪。

「ほら、曽爺《ひいじい》さんの」

俺達の曽祖父《そうそふ》は第二次世界大戦中、日本海軍の戦闘機乗りだったそうだ。

既に亡くなっているので、あまり詳しい事は俺も識《し》らないのだが――

「よく昔の話、してくれたんやで」

澪が懐《なつ》かしそうに言う。

そういえば澪は、とにかく曽祖父が好きだったようで、生前はいつもその膝《ひざ》に座っていたような印象がある。二歳や三歳の頃から、飛行機の話を聞かされ続けていれば、洗脳《せんのう》に等しいというか……飛行機に無条件の憧《あこが》れを抱くのも、当然かもしれない。

かく言う俺も、曽祖父の影響《えいきょう》はあったのだろう――第二次大戦中の戦闘機やら何やらの本は舐《な》めるように読んだものだ。俺は飛ぶ事そのものよりも、飛行機という機械に興味が向いていたが。

「私は多分、飛行機の操縦とか無理やろうけど……」

まあこれだけ鈍臭ければ、パイロットの資格を取るのは難しいかもしれない。

それでも表情を曇《くも》らせる事無く、澪は純真《じゅんしん》な憧れの眼差《まなざ》しで、真っ直ぐに伸びていく飛行機雲を追っている。その横顔があまりに嬉《うれ》しそうなので、俺としても急《せ》かすのは気が引けた。

そして──

「あ、将にぃ、待って、待って、黙《だま》って先行くとかひどい！」

「だから新幹線の時間があるんやってば」

そう言いながら歩き出す俺と──慌《あわ》ててついてくる澪。

何の変哲《へんてつ》も無い、幼い頃から飽《あ》きる程に繰り返してきた、夏の一日。

だが……

「あ。そうや。あんね、私も東京の学校受けるかもしれへん」

「何処の中学？」

「高校！　将にぃひどい……」

俺と澪。

二人揃《そろ》って無邪気《むじゃき》に空を見上げる事が出来たのは……この日が最後だった。

✿

進学とか。就職《しゅうしょく》とか。

言葉にすると、本当にただそれだけの事に見えるが……それは、人生においては転機であり、その前と後とで自身を取り巻く環境《かんきょう》を一変させたりもする。本当に親密《しんみつ》な付き合いがあった友人や親戚《しんせき》と、進学や転職を機に疎遠《そえん》になってしまうのも、よくある話だ。

そして――それらを機に、付き合いが復活する事も。

「……遅いな」

俺はスマートフォンを操作《そうさ》して、一通のメールを呼び出した。

写真付きのそれを開くと――小さな液晶《えきしょう》画面に、あの夏の日に見たのと同じ笑顔を浮かべる澪の姿が描き出された。プロペラ型の白い髪飾りも変わりない。

一週間前、いきなりこのメールが来た時には、少し驚いた。

しかし考えてみれば昨今、『ど』の付くレベルの田舎に住む女子中学生でも、自撮《じど》りの写《しゃ》メを送ってくるくらいは当たり前だ。まあ澪の場合は、操作を覚えるだけで丸一日掛かったりしていそうだが。

澪には、もう一年半以上も逢《あ》っていない。

何かと忙《いそが》しくて、郷里に帰ったのは一昨年の夏が最後だ。

「何やってんだ？」

スマートフォンの時刻《じこく》表示を見ると……メールで知らせてきた新幹線がこの東京駅に到着《とうちゃく》してから、半時間が経過《けいか》している。いくら何でも、東京駅における待ち合わせ場所の定番――〈銀《ぎん》の鈴《すず》〉が分からなくて迷《まよ》っている、という訳でもないだろう。

いや……あの澪の事だ。あり得ないとは言えない。

俺は――意を決して、澪の携帯電話を呼び出してみる事にした。

正直、ここまで時間が過ぎる前に何度か電話を掛ける事も考えたのだが、何となく躊躇《ためら》われたのだ。写真の中の澪は、俺のよく知る笑顔を浮かべてはいたが――この春に入学するという高校の制服を着ていて、何か別人のように思えたというか、今更《いまさら》のように彼女が『女の子』なのだという事を意識してしまって、遠慮《えんりょ》するような気持ちが湧《わ》いてきたのである。

何しろこっちは、工学《こうがく》系の専門《せんもん》学校生である。身の回りの女性率は、五パーセントを割る。はっきり言って女子高生の扱い方など、全く分からない。

慣れ親しんだ田舎ならともかく、東京で会うとなると、何だか勝手が違うのだ。

ともあれ……

「んー……」

呼び出し音が一回、二回、三回、四回……八回を数えてから、留守番《るすばん》電話に切り替わってしまった。一度、切ってからもう一度掛け直しても同じ。澪は出ない。

もしかして何かあったのだろうか。急に心配になってきた。

舗装《ほそう》もされていないような田舎の道なら、慣れもあって、ただ転んだだけで済むだろうが……交通量の多い東京のど真ん中だと、車に轢《ひ》かれるなんて事も、あり得る。

「呼び出し放送でもかけてもらうか……？」

俺が〈銀の鈴〉の前を離れようとした——その瞬間。

「——へぶっ！」

視界の隅《すみ》に、何やら大きく膨《ふく》らんだ風呂敷包《ふろしきづつ》みが転がっていた。

そこからこぼれたのだろう——オレンジ色の丸いものが俺の足元に転がってくる。

「……蜜柑《みかん》？」

俺はそれを拾い上げると、その風呂敷包みの方に歩き出した。荷物のすぐ傍には、小柄《こがら》なお婆《ばあ》さんが、戸惑《とまど》いの表情でおろおろしている。

多分、この人が荷物を落としたのだろう。はっきり言って、お婆さんの身体に比《くら》べて、風呂敷包みが大きすぎる。

「あの——これ」

俺はお婆さんに蜜柑を差し出す。

その足元で——

「あ……将にぃ……」

風呂敷包みが俺の名を呼んだ。

というか、この呼び方は——

「……何してるんだ、おまえ」

大量の蜜柑の下で倒れていたのは、俺の待ち人だった。

✿

何度も何度も頭を下げて礼を言ってくるお婆さんを、目的の路線のホームにまで送り届けた後——俺と澪は、緑が目印の山手線《やまのてせん》に乗り込んだ。

向かうは、澪が入学するという女子高の寮《りょう》である。

なんだかんだで、予定より一時間以上遅れてしまった。

改めて澪から話を聞いてみると——予《あらかじ》め下調べをしていたお陰で〈銀の鈴〉の場所はすぐに分かったものの、東京駅の中で迷子になっていたお婆さんを見つけて、放っておけなくなってしまったらしい。元々お爺《じい》ちゃん子だった澪は、とにかくお年寄りに弱いというか——何かと鈍臭く、自分の事だけでも手一杯な癖《くせ》に、お年寄りの世話を焼きたがるのだ。

で……疲れ果てたお婆さんの荷物を澪が背負い、二人して駅の中を散々彷徨《さまよ》っていたようだ。

結果、〈銀の鈴〉にどう戻れば良いのかも、分からなくなってしまったとか。言ってしまえば二重遭難《そうなん》である。

まあ……澪らしいといえば、らしいのだが。

「偶然、〈銀の鈴〉まで戻って来られたから、いいようなものの……」

俺は溜息をついた。

本当――俺が痺《しび》れを切らして帰ってしまっていたら、どうするつもりだったのか。

「そやかて……」

上目遣《うわめづか》いに俺を見ながら、澪が言った。

「……あんな大きな荷物持ったお婆ちゃんが、困ってはったら……お手伝いせえへん訳にはいかへんやん……？」

「それで自分まで迷子になってたら、手伝いどころか足引っ張ってるだろ」

「……う」

澪は短く呻《うめ》いて俯く。


こんな仕草は、一昨年の夏に見た澪そのものなのだが、やはり制服姿の彼女は、俺の知るはとことは別人のようで――一緒に電車に乗っていると、何だか落ち着かない気分だ。

そもそも澪は美人か否かと二者択一《にしゃたくいつ》で問われれば間違いなく前者で、癖の無い黒髪を下ろしたその姿は、何というか、清楚可憐《せいそかれん》な和風美人、といった印象がある。黙って佇《たたず》んでいれば鈍臭い部分が露呈《ろてい》する事も無いし。濃緑色を基本にした、少し古風な印象もある制服が、よく似合《にあ》っていた。

「先《ま》ず電話入れろよ。俺が待ちくたびれて帰ってたらどうするつもりだったんだ？」

「将にぃ、でも帰ってなかったやん……？」

「いや、それはだから」

何で、こんなに無条件にこっちを信じてくるのか。澪のお人好《ひとよ》しは昔からだが――

「将にぃやったら、ずっと待っててくれるって思とったし……」

「舐めるな。そこまで暇じゃない」

「うー……」

　少し拗ねたような表情で俺を見上げてくる澪。

「……まあ、会えて良かったけどな」

「うん。結果オーライやねんで」

　にっこり笑顔に切り替えて澪は言った。

「そやけど、東京の電車てすごいねんな……人もめっちゃ多いし……」

「そうだな」

　俺は苦笑しながら頷いた。

　こちらに引っ越してそろそろ三年目、俺はもういちいち驚く事も無いが――受験の際に一度上京しただけの澪にしてみれば、郷里とは大違いなのだろう。その時は叔母《おば》さんが一緒に居たそうなので、一人でやってきた時とは印象も違うのだろうし。

「とりあえず紀勢《きせい》線とは違うな」

「ほんまにね」

「紀勢線と違うのは他にもあるぞ。あの液晶画面を見ろ」

「え……？」

　澪は目を見開いた。

「何で電車にテレビがついてるん⁉」

「こっちじゃ、それが当たり前なんだよ」

　東京住まいの先輩《せんぱい》として、俺はそう教えてやった。

「へぇー……新幹線の中には電光掲示板《けいじばん》がついとったけど……山手線はテレビまでついとるんやね？」

「まあな。広告やニュースが流れてるから、暇つぶしにはなる」

「すごいやん」

「お金払えばあの画面でゲーム出来るぞ」

「え？　そうなん？　ほんまに？」

「うん。嘘《うそ》」

「将にぃ……！」

とかなんとか、しばらく俺とそんな会話をしていた澪だが——

「……将にぃは変わってしもうた……」

ふと何やら眉《まゆ》を顰《ひそ》めて、そんな事を言い出した。

「変わったって……なにが？」

「そんなお洒落《しゃれ》なしゃべり方するのは、将にぃとちゃう……！」

「なんでやねん」

標準語《ひょうじゅんご》で喋《しゃべ》っていた俺は、反射的に突っ込みを入れてしまった。

途端《とたん》、澪の表情がぱっと明るいものになる。

「あっ！　将にぃが正気《しょうき》に戻った！」

「俺はいつでも正気だ……っていうか、標準語をお洒落なしゃべり方とか、どんだけ田舎者なんだよ、お前は」

「将にぃと同じ町の生まれやん」

「関西弁《かんさいべん》使ってると、どうもなあ」

何か面白《おもしろ》い事言って、とか、漫才《まんざい》出来るんだろ、とか、家にたこ焼き器あるんだろ、とかもの凄《すご》くくだらない『関西人』のイメージで見られて面倒なので、意識して使わないようにしているのだ。標準語そのものは、テレビや映画で散々聞いていたので、いざ使おうとすると簡単に切り替えられた。

「別に関西弁使うなとは言わないが、こっちの人間が聞いたら、色々余計《よけい》なキャラ付けしてくるぞ。漫才とかたこ焼きとか通天閣《つうてんかく》とか」

「標準語くらいしゃべれるもん」

「どうだかな。澪は鈍臭いから、何かあったら、とっさに関西弁がでるだろうし」

「将にぃの意地悪」

「そんなに褒《ほ》めんなや。照《て》れるやろ」

「褒めてへんもん！」

ぷっと頬《ほお》を膨らませて言う澪。

彼女は少し拗ねた様子でそっぽを向いていたが——

「あっ——飛行機」

車窓の外に、機影を見つけたらしい。

相変わらず飛行機好きというか……飛行機限定で、やけに目敏《めざと》い。

俺も彼女に倣《なら》って、電車の窓の外を眺めると——

「……飛行機雲？」

ビルの合間に覗《のぞ》く黄昏《たそがれ》色の空に、白い一線が引かれているのが見えた。

「いや、あれは……」

飛行機雲にしては、高度が低すぎる。

飛行機雲というのは、エンジンの排気《にいき》の中の水分が急激に冷やされて雲状になって尾を引く現象だ。街中《まちなか》の、あんな低い高度で発生するものではない。

「ベイパートレイルなのか？」

ベイパーというのは、戦闘機が高機動飛行する際に、機体の一部——例えば翼端が激しく動いた結果、翼からこぼれ落ちた空気に含まれる水分が凝結《ぎょうけつ》して発生する霧《きり》のようなものだ。これが糸状に伸びていく様をベイパートレイルという。

日本のように湿度《しつど》が高い環境では、低速域でも発生し易い。

しかし——

「——⁉」

ビルの壁面《へきめん》に、一瞬、影が走った。

細い胴体から大きな翼を左右に張り出した、それは明らかに飛行機の輪郭《りんかく》だ。

　しかし……

「セスナかな？」

　何処か呑気《のんき》な口調で、澪が言う。

　飛行機は好きでも、機種そのものにはあまり興味の無い澪にかかると、プロペラ機は何でもセスナになってしまう。前に自衛隊の対潜哨戒機《たいせんしょうかいき》Ｐ３Ｃの写真を見て『セスナ』と言った時には、正直、俺は頭を抱えた。

「違《ちゃ》う、セスナやない、あれは……」

　俺は改めて——脳裏に先程見た影の輪郭を、描き出す。

　俺はあの形を知っている。現物を見た事は無いが、何度も三面図で見た。

　しかしそんな筈は無い。あれが今この東京の空を飛んでいる筈が無いのだ。

　俺の眼か、それとも頭が、どうかしてしまったのか。

　そう。あれは——


　そびえるビルの間を縫《ぬ》うようにして——飛ぶ。

　一瞬でも気を抜けば、壁面か地面に激突するだろう。本来ならば人間という生き物が、自身の肉体では経験する筈の無い超高速で——しかも三次元的な運動だ。脳が、そもそもこういう動きに向いていない。

　だが今は飛び続けるほかは無かった。

　背後には先程から、ずっと敵が纏《まと》わり付いている。

　低空低速では、こちらの方が有利——運動性に余裕《よゆう》がある。しかしあの連中はそれに構わず、彼女を——霞ヶ浦《かすみがうら》海咲《みさき》を追い続けていた。是が非でもこちらを殺す、そう考えているのだろう。

殺意を向けられるのは、いつもの事だ。海咲も慣れた。

ただ——

「……位相戦闘領域《ソーン》が展開されていないのに仕掛けてくるなんて……」

正気とは思えない。

もっとも海咲を含めて皆、殺し合いをしている時点で、正気とは言い難いのだが。

一瞬だけ振り返って、敵との距離を確認しつつ、更にビルの間をすり抜ける。

翼が重い。

それは単に無理を強《し》いられているからなのか、それとも敵の掛けてくる重圧が常にも増して大きいからか。とにかく動き続けるしかない。敵は執拗《しつよう》に海咲を追ってくる。

ふと——

「——！」

いきなりビルの並びが途切《とぎ》れ、開ける視界。

「線路⁉」

それは、ＪＲ山手線の高架線路だった。

「しまった、低すぎる！」

海咲は急上昇を選択——だが間に合わない。

彼女の翼は、線路の上を走る送電線を一本引っかけて、これを切断してしまった。


突然——車内の照明が、消えた。

途中の駅で、停車《ていしゃ》中の事である。

何事かと乗客がざわめく。非常灯だろうか、待つほどの事も無く、やや薄めの照明が点《とも》り、車内を照らしたが――

「お客様にお知らせいたします」

続けて、車内放送の声が降ってきた。

「この電車は架線《かせん》事故のため、当駅でしばらくの間、停車いたします。お急ぎのお客様にはご迷惑をおかけいたしまして、大変申し訳ございません――」

開きっぱなしの扉《とびら》からも、駅側が同様の放送を行う声が聞こえてくる。

架線事故という事は、架線が緩んで垂れ下がったか何かだろう。

「なに……？　架線事故て言うてたけど……何かあったん？」

澪が少し不安げな表情を浮かべて、そう問うてくる。

「山手線はよく止まるんだよ」

「なんで？」

「阪和線《はんわせん》がよく止まるだろ？　あれと同じような感じだ」

「東京でも飛び込みってあるん？」

「むしろ東京の方が多いだろ。今回は、まあ人身事故じゃないみたいだけど」

世知辛《せちがら》い事は、都会の方が圧倒的に多いだろうし。

「電車――しばらく動かへんのかな」

「架線事故だっていうからな……」

五分やそこらで運転再開、という訳にはいかないのではないか。

「どうしよ……？」

明らかに頼り切った眼で、こっちを見つめてくる澪。

「しょうがない。大した距離じゃないから、歩こう」

俺は澪を促して、開いたままの電車の扉から一歩、外に出た。

太陽は西の果てに傾き、空は何処までも茜《あかね》色に染まる――そんな時刻だ。これから急速に暗くなっていくとは思うが、山手線の一駅や二駅ならば、完全に夜になる前に辿《たど》り着けるかもしれない。

俺達は駅の改札を出ると、スマートフォンで地図を確認、澪の寮があるという方角に向けて歩き始めた。


俺と澪は、大通りから逸《そ》れて住宅街に入った。

山手線沿線とはいっても、全てがオフィス街や繁華街《はんかがい》という訳でもない。旧《ふる》くからの民家が残る一郭《いっかく》も東京のあちこちに在る。澪の入居する予定の寮は、そんな住宅街の端に建っている筈だった。

「ええと……」

俺はスマートフォンに表示した地図を頼りに、道を歩いて行く。

ナビを使っても良いのだが、微妙《びみょう》に現在位置がずれる事も多く、細い道が何本も入り組むような場所だと、自分が今どこにいるのかも分からなくなる事があった。なので俺は東京で初めての場所に行く時は、地図だけ表示して、めぼしい建物を目印に自力で道を選択して向かう事にしている。

「東京ってビルばっかりやと思とったけど、普《ふ》通《つう》に家も建ってるんやね」

「当たり前だろ」

きょろきょろと、田舎者丸出しで周りを見回している澪に俺はそう応じた。

「まあ、都内は地価が高いから、都内で働いてる人のうち、かなりの数は他の県から来てるんだそうだけどな」

「そうなんや」

素直《すなお》に感心した様子の澪。

「で——将にぃ。未だ歩くん？」

澪はそう言って、俺の左手を摑《つか》んできた。

「いや、そろそろ見えてくる筈…………？」

ふと、俺は違和感《いわかん》を覚えた。

何か……何かの一線を越えたというか、何かをくぐり抜けたというか、そんな、印象。

だが足を止めて振り返って見ても、普通の住宅街風景が続いているだけだ。殊更《ことさら》に何かを区切る線が引かれている訳でもない。何故、そんな風に感じたのかも、よく分からなかった。単に気のせいなのかもしれない。

だが……

「…………？」

澪も、不思議そうに後ろを振り返っている。

恐らく彼女も、その『何か』を感じたのだ。

「将にぃ？　今、何か……」

「……待て。これは」

俺は眉を顰めて自分のスマートフォンを見つめた。

地図の表示はそのままだが、画面の上端に×マークが出て『コネクション・エラー』の文字があった。電波強度を示すアイコンも『圏外《けんがい》』表示になっている。

「なんだ？　どういう事だ、これ？」

こんなところで、圏外になるなんて。

東京二十三区内、山手線沿線、しかも屋外。こんな条件で、携帯電話の電波が届かないなんて事があり得るのだろうか。

「どうしたん？」

「ネットに繫《つな》がらなくなってる。携帯の回線も繋がらない」

「え……?」

澪も慌てた様子で、携帯電話を取り出す。

だがすぐに弱り切った表情でこっちを見てきた事から、彼女のも圏外になっているのだろう。

ちなみに俺とは携帯電話《キャリア》会社が違う。二社の携帯電話がどちらも繋がらないなどというのは、明らかに異常事態だった。

「何か起きた――」

俺は改めて周囲を見回して……そして、気付いた。

住宅街は静まりかえっていた。

静かすぎる程に静かだった。俺達以外、動くものの姿が何処にもない。つい先程まで、少ないとはいえ、ちらほらと人の姿を見掛けていたのだが、今は誰《だれ》も居ないのだ。いくら大通りから外れたといっても、これは変だった。

「人が居ない……なんだ?」

「そういえば、さっきまでは結構人通りがあったのにね」

「…………」

よく分からないが、何か胸騒《むなさわ》ぎがする。

「澪……ちょっと遠回りになるけど、一旦《いったん》、その大通りに出てみよう。あっちなら人も多い筈だ」

大通りには、バスも走っている。店も多くあるし、人だって沢山《たくさん》いるだろう。

この人の姿の絶えた住宅街の風景が、単なる偶然なのだと、俺は確認したかった。それも大至急にだ。澪と二人して廃墟《はいきょ》の町に放り出されたかのような、静かな恐怖を――考えすぎなのだと、自分で笑い飛ばしたかった。

俺と澪は、足早に大通りの方へと向かう。

しかし――

「なんだこれは……一体どうなってる？」

大通りは――まるで、時が止まったかのようだった。

路上には無人の車が多数停車しているが、歩道には歩行者の姿が一人も見えない。近くにあったコンビニエンスストアを覗き込んでみたが、中には客はおろか、店員の姿さえ見つけられなかった。

街の佇まいは変わらない。ただ人間の姿だけが、無い。

この日本の首都・東京の、しかも、宵《よい》の口《くち》で⁉

「これは……」

俺はただ立《た》ち竦《すく》んで戦慄《せんりつ》する。

異常だ。あり得ない。先程まで人は確かに居た。その痕跡《こんせき》は本当にあちらこちらに残ったままである。コンビニの店先に置かれた灰皿《はいざら》には、火の付いた煙草《タバコ》が引っかかって、細い煙《けむり》を漂《ただよ》わせていた。本当に数秒前まで、人がそこに居たかのように。

まるでマリーセレスト号事件だ――ただし街一つ丸ごとという規模《きぼ》の。

一体、何があった⁉

「将にぃ！　上……上！」

突然、澪が悲鳴じみた声で叫んだ。

また飛行機でも見つけたのか。

そう思って、頭上を見上げた俺は――

「――⁉」

今度こそ、愕然《がくぜん》と凍《こお》り付いていた。

そ、そこに、東京の街が在った。

澪の指差す先、俺達の真上、東京の上空――そこに、巨大な合わせ鏡《かがみ》でもあるかのように、都市の姿が浮かんでいる。しかもあれは東京だ。間違いない。山手線も見えるし、幾《いく》つか特徴《とくちょう》的な――ランドマークとも言うべき建物も確認出来る。それらが全て逆《さか》さまになって、俺達の上にのしかかっているのだ。

まるで……蜃気楼《しんきろう》の如く。

本当に訳が分からない。

これは――

「一体、何だ⁉　何が起こってる⁉」

そう叫んだ瞬間。

「将にぃ――」

足の裏の感触が消失した。

浮いている。いや違う。身体に掛かる加速感――これは落ちているのだ。

上に向かって、俺達は真っ逆さまに、落下している。

「ああああああああああああッ⁉」

何故――と問うても、答えてくれる者など、居る筈も無く。


俺と澪は空に向かって墜ちながら、ただただ、叫ぶよりほかに無かった。


空に向かって墜落して死ぬ。

そんな馬鹿な最期《さいご》を迎える事になると、誰が想像出来ただろう。

悲鳴を上げて墜ちていく俺と澪。本能的な恐怖からか、手足が無意識のうちにばたつくが、翼も持たない身でそんな事をしても、何の意味も無い。

俺達は真上の地面に向かって、頭から墜ちていった。

だが――

「――⁉」

世界が一瞬で反転した。

痛みや衝撃《しょうげき》は伝わってこない。五秒。十秒。短くも確実な時間が経過している。とっくに地面にぶつかっていてもよい筈なのに、自分は死んでいない。

眼を瞬かせながら自分の周囲を見ると、風景が猛烈《もうれつ》な勢いで横に流れているのが見えた。俺はビルの谷間を地面すれすれに――飛んでいた。

慌てて澪の姿を探すと、彼女もまた、俺のすぐ横で同じように飛んでいる。

飛んでいるといっても、自力でという印象ではない。二人とも、襟首《えりくび》を摑まれて、吊《つ》り下《さ》げられているような感じだった。

だが、何に？

「これって――」

肩越しに、背後の頭上を振り返る。

一人の少女と――眼が合った。

勿論《もちろん》、澪ではない。彼女とは別の、見ず知らずの他人。ざっくりと思い切りよく、うなじの辺りで切り揃えた髪を、更に黒いカチューシャで押さえている。この髪型は、ひょっとして飛行に際して髪が暴《あば》れないように――だろうか。目鼻立ちも澪とは対照的……美人だが凛《りん》とした感じ、更に言えば、硬《かた》く鋭《するど》い印象が強い。

何者なのか。

とにかく――俺と澪を吊り下げながら飛んでいるのは彼女だ。ビルの間を――飛行という意味では、比較的、ゆっくりと。俺達を気遣《きづか》うかのように。

いや。そもそも、他『人』などと言っても良いものかどうか。俺には分からなかった。

「翼……？」

呆然とそう呟いたのは、同じく背後の少女を振り返った澪である。

その声が、疑問の響きを帯《お》びるのも当然だ。

普通の人間には、翼など無いだろう。

少女の背後には——巨大な翼が生えていた。

ただしそれは、鳥の羽のようなものではなく、巨大な一枚板、明らかに航空機の主翼《しゅよく》だ。左の翼端《よくたん》に紅《あか》い翼端灯が点っているのも視認出来た。

しかも……

灰白色の平面に描き込まれた、深紅の丸。

吊り下げられている身では、あまり詳細《ディテール》を確認している余裕は無かったが——これは。

「何だ、何だこれ⁉ あんた誰だ⁉」

「それはこっちが聞きたい」

抑揚《よくよう》を欠《か》いた呟くような口調で少女は言った。

奇妙《きみょう》に冷たい双眸《そうぼう》が、俺達を順に見る。目鼻立ちは明らかに美人なのだが、むしろその少女らしからぬ大人《おとな》びた表情が、印象に残った。

本当に——色々な意味で澪とは正反対の少女である。

「位相戦闘領域《ゾーン》に予定外の人間を入れるなんて……杜撰《ずさん》にも程がある」

ぶつぶつと愚痴《ぐち》をこぼすように少女は呟いた。

「……なんだって？」

俺の問いに——しかし少女は答えない。

代わりに彼女は一際狭《ひときわせま》いビルとビルの間で大きく速度を落とし——灰白色の主翼から、折り畳まれていた着陸脚を出していた。ゴムタイヤの代わりに青白く光る何かを装備したそれは、次の瞬間、車輪《ホイール》の直径のみを何倍にも拡大《かくだい》し、地面を噛《か》んだ。

着陸し——しばらく路面を走ってから、停止。

そこでようやく、俺達は少女の手から解放され、自分の脚で地面の上に立つ事が出来た。もっとも、この靴底《くつぞこ》の下の感触が本物かどうか……俺には自信が持てなかったが。

「おい、これは」

改めて少女に詰め寄ろうとした俺――のそのすぐ横で、ビルの窓硝子が立て続けに数枚、砕《くだ》け散《ち》った。幸《さいわ》い、俺達の方に大きな破片《はへん》が飛んでくる事は無かったが、硝子の割れ方からして、それは何かが、外から建物に向けて、高速でぶつかった結果だと分かる。

例えば、銃弾《じゅうだん》のような。

銃声《じゅうせい》は――機関砲のものらしき轟音は後から聞こえた。

「説明してる暇なんてない」

少女は割れた硝子の方を見遣《みや》ってそう俺達に告げる。

「邪魔《じゃま》だから隠れていなさい」

彼女の胸元、いや鎖骨《さこつ》の辺りで、白い環《わ》が浮かび上がる。光るそれは、澪の髪に付いているのと同じ三菱型――百二十度間隔で三枚配されたプロペラだ。それが高速回転する事で、輪っかのように見えるのだ。

同時に翼の下、左右の巨大な光る車輪も回転を始め、少女は俺達をその場に残して、細い裏通りを滑るように進んでいく。その姿が空中に舞い上がったのは、次の瞬間だった。

若干《じゃっかん》、位置は違うが、まるで天使《てんし》のように白い環を輝かせ、少女は空中に駆け上がる。更に彼女は急上昇――俺達の視界から飛び去ってしまった。

しかも――

「――⁉」

轟――と突風が吠《ほ》えた。

腕を掲《かか》げて顔を庇《かば》う俺と澪、二人をかすめるようにして、何かが空中を飛び去っていく。

眼を細めつつも、俺はそれを見た。

金髪《きんぱつ》の少女が二人。

後ろ姿からは、その程度しか分からないが……代わりに、はっきりと見る事が出来たものがある。

翼だ。先の少女と同様の。

背中に――首の付け根辺りから腰のすぐ上辺りまで、瘤《こぶ》のような突起《とっき》があって、そこを基部として、二枚の翼が生えている。先程の少女と同じく、明らかに飛行機の主翼とおぼしき形状である。いや。それだけではない。脹《ふく》ら脛《はぎ》の辺りに見える鰭《ひれ》のようなものは、ひょっとして尾《び》翼《よく》か。しかもレオタードのように身体の線がそっくりそのまま浮き出たその衣装《いしょう》には、機械を思わせる分割線《ぶんかつせん》が走っているが――

「……飛行機」

澪が呟く。

そう。少女達の身体そのものが、飛行機の機体を想わせる。

しかも後から現れた二人の金髪少女は、先の少女とは別の『機体』なのだ。色も異なるが、主翼の形状も、そして衣装の模様《もよう》も明らかに異なる。

俺の記憶に間違いがなければ、あれは……それぞれ違う飛行機だ。

恐らくは第二次世界大戦時に活躍《かつやく》した、レシプロ戦闘機。

「……なんやの……あれ……」

俺の隣で澪が地面にへたり込みながら――呆然とそう呟いた。

「惜《お》しい……！」

少女は、唸《うな》るような声でそう言った。

短い一言だが、心底から悔《くや》しがっているのが、よく分かる口調である。殺意が剝《む》き出しのその声——もし何の関係も無い大人が耳にすれば、とても十代の子供のそれとは認識出来ないだろう。

「もう少しで、あのジャップをぶっ殺してやれたのに！」

少女の名はベアトリクス・アンダーウッド。チャンス・ヴォートF4U〈コルセア〉の『エッセンス・モデル』の出力先になっている少女だった。

白い顔を斜めに横切る、機体と同じ濃紺《のうこん》の眼《がん》帯《たい》が、先ず印象に残る。

英語では『天使の翼』と称される、左右に分けて括るその髪型は可愛らしく、目鼻立ちも整っているのだが——残った左の碧眼《へきがん》に殺気を漲《みなぎ》らせたその顔は、狂気すら孕《はら》んだ凶相《きょうそう》になっていた。

「これだから〈ジーク〉は嫌いなのよ。馬力もないくせに小回りだけは利《き》くんだから！」

「〈ゼロ〉を相手に格闘戦をしたら、いくら馬力があっても宝の持《も》ち腐《ぐさ》れよ」

ベアトリクスの後ろを飛んでいた少女が、彼女を窘《たしな》める。

金髪は同じだが——癖の無い長いその髪を暗青色のカチューシャで留め、涼《すず》しげな顔立ちをしている少女だった。表情も上品で落ち着いた印象が強い。

こちらの少女の名はアンジェリーナ・テイラー。

グラマンF6F〈ヘルキャット〉の『エッセンス・モデル』の出力先である。

二人は二機編隊《エレメント》を組んで零戦少女を追い掛けていた。

だが……

「ハッ——偉《えら》そうに説教《せっきょう》垂れんな」

吐き捨てるようにベアトリクスは言った。

「あんたの方が私より運動性がいいのは認めるけどね。あの〈ジーク〉共をぶち殺す権利は、誰よりも先ず私にある。『聖バレンタインデーの虐殺《ぎゃくさつ》』のお返しよ。あいつら全部嬲《なぶ》り殺しにしてやらないと、気が済まない！」

憎悪《ぞうお》に濁った声でベアトリクスはそう言った。

『聖バレンタインデーの虐殺』——世間的に有名なのはギャングの抗争《こうそう》事件であろうが、ベアトリクスが口にしているのは、太平洋戦争中における一件、零戦と〈コルセア〉が戦い、後者が一方的に撃ち落とされた戦闘の事である。

「…………」

アンジェリーナが溜息をつく。

ベアトリクスの零戦に対する憎悪は狂気に近い。『エッセンス・モデル』は程度の差こそあれ、誰もがかつての大戦時の敵愾心《てきがいしん》や憎悪をそのまま引き継いでいる。だが、時に暴走《ぼうそう》までしてしまうのはベアトリクスを含め数名のみである。

「そういえば、あいつ——」

遥か先、ビルの間に見え隠れする零戦二一型の少女を、血走った眼で見つめていたベアトリクスは……ふと、何かを思いついた様子で言った。

「さっきの二人、助けたわよね……？」

アンジェリーナの方を振り返って、そう確認してくる。

口の端を残忍《ざんにん》な笑みの形に吊り上げ、獰猛《どうもう》な獣《けもの》のように舌舐めずりをする。それは仲間である筈のアンジェリーナが、思わず表情を強張《こわば》らせる程の凶悪さだった。

「ちょっと、あなたなに考えてるの？　まさか——」

「その、まさか、よ！」

からかうような口調で言って、笑みを深めるベアトリクス。

「待ちなさい！」

アンジェリーナは叫んだ。

「彼等は想定外《イレギュラー》――無関係な人間よ！」

だが彼女の制止は、ベアトリクスの耳には届いていなかった。〈コルセア〉の少女は零戦少女を追うのを止《や》めると、右に急旋回。先程の男女が未だ居るであろう、ビルの谷間を目指して加速した。


何かがおかしい。

海咲はそう感じていた。

先程まで、執拗に自分を追いかけ回していた二機の姿が、背後から消えたのだ。銃撃も止んでいる。試《ため》しに相手の攻撃を誘《さそ》うような、単調な飛び方をしてみたが……やはり何の反応も無かった。

わざわざこちらの隙《すき》を突く為《ため》に、位相戦闘領域《ゾーン》が展開されていない状況で襲いかかってきた相手だ。まさか、諦《あきら》めた訳ではないだろう。

では……何故、追うのをやめた？

「まさか……」

海咲の脳裏を、先程出会った少年と少女の姿が過《よぎ》った。

空から墜ちてくるあの二人を目撃して、咄嗟《とっさ》に助けてしまったが……もしあの場面を見られていたとしたら？　海咲が二人を助けたのは、机から墜ちるコップを見て手を伸ばすように、条件反射に近いものだったが――敵がそう理解してくれるとは、限らない。

「あの二人の方へ……？」

　まずい。戦闘機の性能をそのまま転写された『エッセンス・モデル』相手では、生身の人間など嬲り殺しにされるだけだ。恐らく、ろくに逃げる事さえ出来ないだろう。

「くっ……」

　短く呻くと海咲は翼を翻《ひるがえ》し、先程、自分が少年と少女を下ろした場所へと向かった。

⚙

『邪魔だから隠れていなさい』

　助けてくれた少女は、そう言った。

　それは……この異様《いよう》で危機的な状況が、未だ終わらないという事を意味するのだろう。

　何が何だかさっぱり分からないが、無為《むい》に突っ立っていると、殺されかねないのは分かった。先程、ビルの窓を砕き散らしたのは、明らかに銃撃だ。それも恐らくは機銃の。俺達を狙ったかどうかは分からないが、流《なが》れ弾《だま》だろうと跳弾《ちょうだん》だろうと、当たれば死ぬ事に変わりは無い。そもそも戦闘機に積まれるような代物《しろもの》——例えば七・七ミリでも、生身の人間が喰らえばどうなる事か。正直、概《おおむ》ね想像がつくからこそ、考えたくなかった。

「こっちだ」

　俺は、呆然としている澪を促して移動する。

　何処か隠れられる場所は無いか。出来れば壁が厚くて狭い場所がいい。開けた場所では、どうしようもないくらいに、空を飛べる方が有利だった。

「どうやら誰も居ないみたいだな。とりあえずこのビルにでも隠れるか」

俺は近くの雑居ビルの扉を開きながら、そう言った。

先に見た——墜ちる前に見た街並みと同様に、此処《ここ》にも、人の姿は全く無い。普段、人の姿があって当たり前の都会風景だからこそ、完全な無人の状態は、ひたすらに不気味だった。

「将にぃ……不法侵入で怒られへん？」

おずおずと、澪が訊《き》いてくる。

「怒る人がいるならその方がマシだ。入るぞ」

「うん……」

それでも未だ抵抗があるようで、澪は躊躇する素振《そぶ》りを見せている。

だが——

「……あれ？」

「どうした？」

「飛行機の——音」

澪の言葉に、俺も耳を澄ます。

確かに——それは飛行機の音だった。

グオン……グオン……と高速で回転し空気を切り裂き続けるプロペラの音だ。距離があると、エンジンそのものの排気音よりも、こちらの方が先ず耳につく。音が大きくなってきている事からして、近付いてくるのは間違いない。

先程、俺達を助けてくれた少女が戻ってきたのか。

それとも——

「いや、これは……」

二機分のプロペラ音。

音は確実に大きくなっているのだが……ビルの壁面で複雑に反響《はんきょう》し合い、どちらから近付いてくるのかが分からない。まずい。非常にまずい。

「早く中に——」

俺が澪をビルの中に押し込もうとした、その瞬間。

「――ッ‼」

薄暗い無人の街に、連続する重々しい断音《スタッカート》

と――そして硝子の砕ける音が盛大に響き渡る。

一瞬遅れて、頭上から細かなコンクリートや硝子の破片が降り注《そそ》いできた。

猛烈な塵煙《じんえん》が膨れあがり、俺達の視界を閉ざしていく。

その上を二つの異形《いぎょう》が――その影が飛び去るのが見えた。

暗色の翼面下から黄金《おうごん》色に煌めく小片が大量に落ちてくるのも。

まるで小さな星を撒き散らしながら飛ぶかの様な、美しい姿だが、あれは多分――

「一二・七ミリの薬莢《やっきょう》か……！」

実際、足元に転がってきたその金属筒の一つを見て、俺は戦慄した。

数値や写真で、知識としてその大きさは知っていたが……実際に現物を見ると、また印象が異なる。一輪挿《いちりんざ》しにも使えそうな、その薬莢――その中に目一杯詰められた火薬のエネルギーで撃ちだされる５０口径の銃弾。こんなものを人間が喰らったら、ばらばらになるか、それを免れたとしても、着弾の衝撃だけで心臓破裂を起こしかねない。

「ぐっ――」

塵煙のせいで、右も左も分からない。

俺は咄嗟に、澪を抱えてビルとビルの狭間《はざま》に飛び込んでいた。普通の建物の壁では、あの機銃掃射《そうしゃ》を防ぎきれないのが分かったからだ。銃弾そのものは食い止める事が出来たとしても、破砕《はさい》されて猛烈な勢いで飛び込んでくる硝子片は危険すぎる。

「将にぃ――今のなに⁉」

咳《せ》き込みながらも、澪がそう訊《たず》ねてくる。

「撃たれた！　また来るぞ！」

プロペラの音が緩やかに変化しつつ、一度は遠ざかったものの――再びその音量が膨れあがるのが聞こえた。旋回して戻ってくるつもりなのだ。恐らくはもう一度、俺達に向けて機銃掃射を行う為に。

咄嗟にこの狭間に飛び込んだが、ここは奴等に知られているのだろうか。

「なんで？　なんで私達を――」

「知るか！」

俺の声に、銃声が被《かぶ》る。

見上げれば――ビルの壁面に取り付けられていた大きな看板《かんばん》が傾いているのが見えた。基部を今の銃撃で破壊《はかい》されたのだ。看板はひどく不安定に揺れている。今にも落ちてきそうだった。

「――ヤバい！」

またしても、俺の声に被せるように加えられる、一連射。

看板の基部は完全に破壊され、瓦礫《がれき》とともに俺達の上に落ちてきた。

「澪！」

俺は澪を抱き抱えて、地面に伏《ふ》せる。

だが――正直、焦《あせ》りで高速回転する俺の意識は、これが無駄《むだ》な行為であると理解していた。間に合わない。あの看板は落ちて俺達を直撃するだろう。鋼鉄《こうてつ》のフレームを用《もち》いて作られた重く頑丈《がんじょう》なそれは、ただ角や縁《ふち》を下にして落下するだけで、致命的な凶器に成り得る。覚悟する――それしか俺には残されていなかった。

しかし……

「――!?」

何かが――いや誰かが、俺の首根っこを掴んで引っ張るのを感じた。

風景が一瞬にして後方に流れる。直後、俺達が一瞬前まで居たその場所に、角を下にして看板が落下、派手な音を立てた。

「隠れるにしても、もう少しマシなところに隠れなさい」

そう俺達を叱《しか》ってきたのは、先程も俺達を助けてくれた少女だった。

恐らくは看板が当たる直前、高速で狭間に飛び込んできて、俺達を引っかけてくれたのだ。

だがその代償《だいしょう》は大きかった。支払ったのは俺達ではなく、少女である。

前回と同様に細い道路上を滑走《かっそう》して着陸——俺達を地面に下ろすと同時に、彼女は鳥が羽を畳《たた》むかのように広げていた翼を下ろす。

その片方が大きく抉《えぐ》れているのに、俺は気付いた。

「あんた——それ」

「これじゃ、まともに飛べない……」

顔を歪《ゆが》めながらそう呟く少女。

「馬鹿な事をした……」

それは俺達に、というより自分に対しての言葉だろう。ほんの僅かだけ俺達の命が延びただけで、代わりに殺される人数が三人に増えた——という事を指しているのだ。勿論、二機の音は未だ聴《き》こえる。飛べなければ、戦うも何もあったものではない。

「……来る」

少女の視線を追いかけると——立ち並ぶビルとビルの間、宵闇《よいやみ》の空を、米粒ほどの大きさだった影が、みるみる大きさを増して近づいてくるのが見えた。

もう駄目か。

俺がそう想った瞬間——

「——⁉」

視界が白一色に染まった。

撃たれた衝撃のせいか、とも一瞬想ったが、どうやら違うらしい。

それは、光る壁だった。それが突然、虚空から湧いて出て……俺達と、近付いてくる二機との間に立ち塞《ふさ》がったのだ。まるで俺達を守るかのように。

「なんだ⁉」

俺はもう、何度目の驚愕《きょうがく》なのかすら、分からなくなりつつあった。

光る壁は、緩やかに湾曲《わんきょく》していた。どうやら円状に広がっていて、一定区域ごと、俺達を内側に取り込んでいるらしい。恐らく全体的には半球状《ドーム》なのだろう。

「……あれは」

俺達の真上に何かが居た。

丸い――円盤《えんばん》状の物体。

壁と同様に青白く発光しているせいで、詳細は分かりにくいが……どうやら緩やかに回転しているらしい事は見て取れた。呼吸するかのように光量が増減し、その度《たび》に複雑な幾何学《きかがく》模様が浮かび上がっては消える。

やがて……その物体は俺達の眼の前まで降りてきた。

間近で見ると直径は意外と小さく、二メートル強といったところか。上面の中央部分が山形に膨らんでおり、外周の辺りは庇状《ひさしじょう》になっている。

「…………」

澪を背後に庇う俺の脳裏に一つの単語が過る。

未確認飛行物体――ＵＦＯ。

俗《ぞく》に『空飛ぶ円盤』などと呼ばれてきた謎の飛行体、それがこれではないのか。いわゆる『アダムスキー型』と言われる典型的なＵＦＯ

の想像図を、全体的に滑《なめ》らかにしたような形状である。記憶を頼りに絵を描くのは難しい。これを目撃した人間が『アダムスキー型』の絵を描いてしまうという事は、充分《じゅうぶん》にあり得る。

俺がそんな事を考えていると――

「フー・ファイター……」

少女がそう呟くのが聞こえた。

所属不明戦闘機《フー・ファイター》……第二次世界大戦中にしばしば目撃されたと言われる謎の飛行体。確かにこれを『空飛ぶ円盤だ』とする説もあったが――

「今更、何しに出てきたの」

少女はそう話し掛けた。

まるで人間に対するかのように――その光る円盤に。

円盤が形を変えたのは、次の瞬間だった。

「……え？」


円盤が――割れた。

外周部分が一箇所から左右に割れて広がり、より複雑な形へと変形していく。同時に中央部が盛り上がり、更にこちらも複雑に形を変えて上下に伸びていく。変形に伴《ともな》い、奥の――恐らくは中央部分に格納《かくのう》されていたであろう球体が露出し、まるで鼓動するかのように青白い光を明滅《めいめつ》させた。

これは――

「ロボット……？」

澪が呆然と呟く。

そう。それは確かにロボットめいた形に変化していた。

頭部がある。胴体がある。二本の腕らしい部分がある。脚に相当する部分は一本だけだったが、全体の輪郭は両足を合わせて立つ女性のようでもあり、大きな括りでそれは『人の形』に含まれると言っても過言ではないだろう。

四人目の『飛行機』か？

いや。違う。

根拠はと問われると俺も困るのだが、見た瞬間に確信があった。

こいつは人間じゃない。戦闘機の少女達も確かに人間離れしていたが、こいつは離れている、なんて次元じゃない。完全に断絶している。顔にあたる部分には目鼻が無く、代わりにV字型の切れ込みが入っており、そこに青白い光が明滅しているだけだ。手足はあるが指は無く、脚らしき部分の先端も地面には触れていない。空中に浮かんでいるのだ。胴体部分にしても、半透明《とうめい》というか……内側にある球体が発光している様が透《す》けて見える。

勿論、異形の『皮』を——服や着ぐるみを着ている訳でもない。

形は人間に多少似せてあるが、中身は全く別物だ。こいつが人の形を採っているのは、あくまで便宜上《べんぎじょう》だろう。それが殆《ほとん》ど本能的に分かった。

「…………」

その『フー・ファイター』と呼ばれた何かは、俺達に『顔』を向けてきた。

先に話し掛けた少女に対しては、何も返事をする気配《けはい》が無い。少女の事を、まるで存在していないかのように『フー・ファイター』は扱っていた。

そして——

「…………」

異形のそれは、すっと、空中を音も無く滑って澪に近付いた。

「ふぇっ……？」

澪が怯《おび》えの声を漏《も》らす。

彼女は俺の陰に隠れようとして――しかし。

「――澪っ⁉」

次の瞬間、『フー・ファイター』と共に俺の前から消えていた。

一二・七ミリ機銃が吠える。

音速のおよそ三倍という速度で、大口径の銃弾が光る壁に命中する。強力無比なその銃撃は、しかし全く功《こう》を奏《そう》さず――弾丸は光る壁の表面で、何かに搦《から》め捕《と》られたかのように静止し、その後、力なくそこから滑り落ちていくばかりだ。

「クソッ！　クソッ！　何で破れないのよ！」

激昂《げっこう》して喚《わめ》くのはベアトリクスである。

あの二人も、零戦少女も、まとめて全部殺せる――そう確信した瞬間に、獲物を根刮《ねこそ》ぎかっさらわれた形だ。

「あの向こうにスカした〈ジーク〉がいるっていうのに‼」

ちなみに〈ジーク〉とは第二次世界大戦中の、連合国側の零戦に対する呼称《こしょう》だ。実際にはもっと端的《たんてき》に――アンジェリーナのように〈ゼロ〉と呼んでいる者も多かったようだが。

ともあれ……

「殺す、殺してやる、出てこい、出てこいよ、ジャアアアアアップッ‼」

「落ち着きなさいよ」

顔をしかめてアンジェリーナは言った。

「眼の方はともかく、何も貴女《あなた》自身が殺された訳ではないでしょう――〈聖バレンタインデーの虐殺〉は？」

「だから何？　私はベアトリクス・アンダーウッドであると同時に〈コルセア〉よ！」

アンジェリーナの方を振り向いてベアトリクスは喚いた。

「一方的に墜とされた〈コルセア〉乗り《ライダー》の復《ふく》讐《しゅう》をするのよ！」

「…………」

アンジェリーナは、諦めの表情を浮かべて肩を竦めた。

もうベアトリクスは正気とは言い難い。零戦を、そして日本人を侮蔑《ぶべつ》している最中の彼女は、興奮しすぎて口から泡《あわ》を噴きかねない在り様だった。

〈聖バレンタインの虐殺〉は西暦《せいれき》一九四二年――今から七十年以上前の出来事である。既にその当時の〈コルセア〉乗り達は、たとえ戦死しなかったとしても、現在、殆ど存命していないだろう。

そんな遥かな過去の出来事を、十代の少女が、己の事のように激怒している。

だがその異様さを――不合理さを指摘できる人間は、この場に居なかった。

✿

白い闇というものがあるのならば――澪の眼の前に広がるものが、まさにそれだった。

「…………将にぃ……」

あるいは虚無と言うべきなのか。

周囲には何も無い。上下の基準となる天地の別すら無い。右を見ても左を見ても、ただ均質《きんしつ》な純白が眼に映るだけで、そこに奥行きがあるのかどうかすら、分からない。

先程まで一緒に居た筈の『将にぃ』――将《しょう》一郎《いちろう》の姿も、無い。

自分達を助けてくれた、飛行機みたいな翼を持った少女も、自分達を襲ってきたやはり翼のある金髪の少女達も、無い。

ただ視界の端に、自分の手足が見えているから……辛《かろ》うじて自分という存在が、未だこの虚無の中に許されているのだ、という事だけは理解出来た。

許されている。

誰に……？

「……精査《スキャン》は完了した」

その声は、何の脈絡《みゃくらく》も無く唐突に澪の耳に届いた。

同時に澪の眼の前の白い虚空が濃淡《のうたん》を帯び、まるで炙《あぶ》り出しを見るかのように、人の形が滲《にじ》み出てくる。それは次第に詳細を伴うようになり、人のようでいて人とは明らかに異なる、奇妙な異形として結実した。

細い少女のような『本体』を、ドレスのような、翼のような——複雑な形状の『外装』が、取り巻いている。各部には青白く光る線が走っており、突起の先端部はいずれも、脈動するかのように、その光を揺らめかせていた。

「だ……誰？」

これは確か、あの『円盤』が変化して現れた『何か』だ。

正体不明という意味では、あの翼を持った少女達と同じだが、良くも悪くも彼女等は人間的な『柔《やわ》らかさ』——不安定さのようなものが感じられるのに対し、こちらはそうした部分が一切無い。人の形をしているが、目鼻は無く、中身が人間かどうかすら怪《あや》しい。

「オイハマ、ミオ」

「え、はい……って、なんで私の、名前」

追浜澪。それが澪の本名である訳だが、この少女の前で苗字《みょうじ》まで口にした覚えは無いし、将一郎も言っていなかった筈だ。学生証《がくせいしょう》か何かを盗み見られたのか。

しかし……

「エッセンス・モデルの出力先たる適性が確認出来た」

「え？　エッセンス……何？」

モデル？　何を言っているのだろうか。

ひょっとしてこれが噂の、スカウトという奴だろうか、原宿《はらじゅく》とか渋谷《しぶや》とかで、若い女の子を芸能界《げいのうかい》に誘うとか、ファッション雑誌の編集者とか——そんな間の抜けた事を頭の片隅《かたすみ》で考える澪。おっとりしていて、闘争心の類《たぐい》に欠けている少女なのだが……それは最後の一線、本質的とも言うべきところで、妙に楽天的な彼女の思考から来ている部分が大きかった。

「想定外《イレギュラー》の事態ではあるが、オイハマ・ミオは位相戦闘領域《ゾーン》における戦闘参加が可能な個体である」

「いや……そやから……貴女、誰？」

やや声を大きくして澪は問うた。

「……………」

恐らくはそこが眼なのだろう——黒い仮面に備《そな》わる切れ込みの奥で、青白い光が、不規則に明滅する。機械的な挙動とは異なる、何処か人間臭い不規則さだった。

そして——

「個体名は無い」

まるで、澪がそこに居る事に今初めて気付いたかのように——異形は言った。

「意思疎通《そつう》における便宜上の呼称としては『フー・ファイター』という単語を用いる場合が多数だ」

「『フー・ファイター』……」

呟いてから澪は気付いた。

この少女が先程から喋っている対象は、澪ではないのだ。何かの記録を暗誦《あんしょう》確認するかのようなもの——いわば独《ひと》り言《ごと》で、それとは別の、澪に向けた最初の台詞《せりふ》を、今ようやく喋ったのである。

この『フー・ファイター』は、澪に対して、その存在を認識はしているが、人格を認めていない。意識していない。まるで——路傍《ろぼう》の石を見るかのように。

「個体オイハマ・ミオへのエッセンス出力を実行する」

そう告げる異形の手は——指も掌《てのひら》も無いただの突起なのだが、位置や動かし方からして手なのだろう、多分——いつの間にか光る球体のようなものを差し出してきた。

いや。そもそも異形の手はその球体に触れていない。

空中に自ら浮いて、高速回転をする青白い発光体。

それは異形自身の体内に在る球体に、酷似《こくじ》していた。

異形は——発光する球体を、澪の方へと押し出してくる。

「あ、ちょ、ちょっと待っ……」

逃げようとして——しかし身動きが出来ない事に、澪は気付いた。

両手両足が固定されて動かない。咄嗟に眼を向けると、自分の背後に大きな『環《わ》』が出現していて、そこに四肢《しし》が固定されているのである。十字架《じゅうじか》でこそないが、事実上——磔《はりつけ》の状態だった。

拒《こば》む事も許されないまま、発光体が澪の胸に押しつけられる。

「——！」

まるで幻のように、抵抗なく澪の身体に沈み込んでいく発光体。

だがそんな滑らかな動きとは裏腹に、澪の全身を激痛が貫いた。

「ひ……ぎっ……⁉」

澪の細い身体が跳《は》ねる。だが両手両足は『環』に固定されている為、結果としては胴体をほんの少し揺すった程度でしかなかった。

「……や……め……！」

冒《おか》される。存在そのものを。肉体を。神経を。別の何かが猛烈な勢いで染めて——侵食《しんしょく》していく。

身体の端から切り刻まれ、こねくり回されているかのような苦痛と、脳に無理矢理何かを流し込まれる苦痛と、その双方に澪は喘《あえ》いだ。

猛烈な勢いで脳裏に焼き付けられていく情報の羅列《られつ》。

全幅：一一・〇メートル
全長：九・一二一メートル
全高：三・五七メートル
乾燥重量：一八六五キログラム
翼面荷重：一平方メートルあたり一二八・三一キログラム
発動機馬力：一一〇〇HP／一速全開時
最高速度時速：五六五キロメートル／高度六〇〇〇メートル時
固定武装：二〇ミリ機銃二挺及び七・七ミリ機銃二挺／携行弾数各一〇〇、七〇〇
…………
（……なに……これ……⁉）
それが自分の事を示す諸元であるのだと澪は理解していた。半ば強制的に理解させられていた。追浜澪、十六歳、田舎育ちの平凡《へいぼん》な少女、好きなものは飛行機と——……彼女を彼女とし

て定義づける情報が、上書きされていく。

やがて——

「……！」

一際大きく震《ふる》える澪。

胸の奥で、心臓が——まるでスイッチを入れられて起動する機械の如く、カチリと金属的な音を立てたような気がした。


上空で旋回しつつ、二機のエッセンス・モデルは待っていた。

無力な『獲物』を好き放題に食い散らかせる、その瞬間を。

あの光の壁——いや半球《ドーム》はフー・ファイターの仕業《しわざ》だろう。

この状況で他の勢力の介入《かいにゅう》はあり得ない。

あんなものを唐突に生み出す技術は、今の地球上、何処の国家や組織も保有していないだろうし、そもそもこの位相戦闘領域《ゾーン》にエッセンス・モデル以外が入り込んでくる事は無い。厳密に言えば、その出力先たる適性者は含まれるが、彼女等は強制的にエッセンス・モデルとして戦闘に参加させられるので、結果的には同じ事だった。

いずれにせよ、フー・ファイターならば、あの半球を遠からず解除するだろう。

エッセンス・モデル同士の戦闘はフー・ファイターの求めるものだ。

そもそもこの位相戦闘領域そのものが、エッセンス・モデルの少女達を存分に戦わせる為に——余計な勢力や要素がそこに介入しないように、フー・ファイターが用意したものである。

いわば此処は、闘技場《コロシアム》なのだ。

ならば戦いの再開を告げる鐘《ゴング》は、鳴って当然。

「——そろそろか」

ベアトリクスは、炯々《けいけい》と光る左眼で、薄れ消えていく半球を見下ろしながら言った。

アンジェリーナは、彼女の斜め後方に位置して同じく旋回中。気が進まないが、積極的にベアトリクスを止めようという気は、もう無かった。あまり何度も制止すると、『復讐』に逸《はや》るベアトリクスは、己の身体に搭載《とうさい》された一二・七ミリ機銃をアンジェリーナにも向けかねない。

「まったく、フー・ファイターのヤツは余計なことを」

「さっきあのゼロは、主翼に看板が激突していたわ」

それでもアンジェリーナは一応、言っておく事にした。

「という事は、まともに飛べない筈——」

「地上を這《は》い回る虫を踏み潰《つぶ》すのも、良いもんよ？」

歯を剝いて、ベアトリクスは笑った。

「今度こそブッ殺してやるわ、ジャップ！」

「ベアトリクス——」

溜息をついてアンジェリーナは言った。

「もう少し言葉遣いに気をつけたら？　女の子の使う言葉じゃ無いわよ」

「は？　何言ってんのアンタ。女の子？　誰が？」

ベアトリクスは嘲笑《ちょうしょう》して叫んだ。

「アタシは〈コルセア〉だッ！　チャンス・ヴォート社製艦上戦闘爆撃機F４Uだッ！　アカのミグだって食い散らかせる最強の戦闘機だあッ！」

そう主張するベアトリクスの隻眼《せきがん》は、血走っている。

ふと——アンジェリーナは以前、耳にしたベアトリクスの素性《すじょう》について思い出した。

お世辞《せじ》にも恵《めぐ》まれたとは言えない生《お》い立《た》ちだったらしい。経済的な貧困《ひんこん》、実の親からの虐《ぎゃく》待《たい》といった事実を原因として、中学《ジュニアハイ》すら卒業《そつぎょう》出来ず、複数にわたる犯罪歴《はんざいれき》を抱えて、不良仲間と共に路上生活——破滅型人生の典型《てんけい》だ。右眼も不良仲間との抗争の際に失ったのだとか。

そんな自分が、ベアトリクスは嫌いだったのではないか。

だからこそ、飛び付いた——突如《とつじょ》としてフー・ファイターからもたらされた、全く新しい自己定義《アイデンティティ》に。

今までの、薄汚れた、どうしようもなく未来の無い自分を、全否定する為に。

「出てこい糞虫《くそむし》ッ！」

凶相に喜色《きしょく》を滲ませて、ベアトリクスは吠えた。

二人の下で半球が完全に消滅する。

「一二・七ミリで肉塊《にくかい》にしてや——……」

地上に居る日本人三人の姿が丸見えになる——筈だったのだが。

「〈ゼロ〉⁉」

地を這うしかない無力な三匹の獲物、彼女等の姿を確認する前に、何かが猛烈な勢いで飛び出して——ベアトリクスとアンジェリーナをかすめるように飛び去った。

「いまのは⁉」

「〈ゼロ〉——に見えたけれど」

アンジェリーナは眼を細めて言った。

「音が——それに出力先の姿が、違うような……」

一瞬の事なのではっきりと区別できていた訳ではないのだが。

「なんでもいい！　とにかく追っかけるわよ！」

零戦であれば、例外なくベアトリクスにとっては憎悪の対象だ。単に斃《たお》すべき敵というだけでなく、嬲り殺しにせねば気が済まないのである。恐らくは彼女が自分というものを保つ上で、それは必要な儀式なのだろう。

ベアトリクスは急旋回をして零戦の後を追い始める。

アンジェリーナもまた、短く溜息を一つついて——その後を追った。

✿

「……すごい……」

澪は、流れゆく街の風景を眼下に見ながらそう漏らした。

「……すごい……これって……私……」

飛んでいる。

何かに乗ってではなく——下から支えるものも、上から吊るすものも無いままに、自らの身体で空を切り裂き、風を巻いて、飛行している。

本当の意味での飛翔《ひしょう》。

それは澪に、先の苦痛を忘れさせる程の感動を与えていた。

飛んでいる。飛ぶ事が出来る。

あれ程に憧れた——飛行機になって。

しかも……

「……にほんかいぐん、れいしきかんじょうせんとうき、ごじゅうにがた……」

まるでそれが空を飛ぶ為の呪文《じゅもん》であるかのように、澪は注意深くその名を呟いた。

脳裏に焼き付けられたエッセンス・モデルとしての諸元《しょげん》。その中に、澪は聞き覚えのある単

語を見つけていた。

日本海軍零式艦上戦闘機五二型。

それは——澪が大好きだった曽祖父が乗っていた機体ではなかったか。飛行機の機種などはまるで覚えていない澪だったが、この機体名だけは曽祖父が何度か口にしていたので覚えていたのである。『ひいおじいちゃんはね、この、れいしき、ごじゅうにがた、というひこうきのおかげで、せんそうから、いきてかえることができたんだよ』——と。

自分は、今、その零式艦上戦闘機五二型になっている。

かつて日本が世界に誇《ほこ》った、戦闘機——そのものに。

「でも……」

束《つか》の間《ま》ながら、飛ぶ事に夢中になっていた澪だったが——背後から迫《せま》ってくる敵のプロペラ音に気付いて、我に返った。

敵。そう——敵だ。

先程まで、澪と同じ零戦の——ただし二一型のエッセンス・モデルを追っていた少女達。

「……『敵』？」

澪に焼き込まれたのは、零式の諸元だけではなかった。

機体の——自分の身体の扱い方は勿論だが、幾つかの基本的空戦技能、そしてエッセンス・モデルとしてこの位相《ソーン》戦闘領域で戦う為の、基礎知識も同時に与えられている。

そうだ。戦わねばならない。

敵がそこに居るからだ。

敵を殺さねば自分が殺されるからだ。

戦わねば死ぬのだ。

それはもう疑う余地すら無いくらい、単純極まりない事実で——

「……戦うて……そんな」

だが、それは澪にとって悪夢そのものだった。

元々、闘争心だの何だのがごっそりと欠落しているような少女である。おおらかな両親の元で一人娘として育ってきた事もあり、誰かと競い合うという考え方そのものが無い。東京の高校を受験した時が、恐らくは唯一《ゆいいつ》にして最大の『戦い』で——その時ですら、自分が合格すると、その分誰かが落ちる、という事実にしばらく悩んでいたくらいである。

とにかく、澪は敵が居るからといって、即座《そくざ》に戦闘態勢に入れる性格ではない。

だが、敵はどうやら澪を殺す気満々だ。

多分……気を抜けば死ぬ。

「それは、いや……！」

折角《せっかく》——東京の高校、第一志望校に合格したのに。

将一郎と同じ東京に住める。その事実にひたすら喜んでいたのに。

その初日に——澪が望《のぞ》んだ日々は、もう得られないと告げられたのだ。

「ぜったい……いや……！」

銃を向ける事は出来なくとも、せめて、敵の銃弾から逃げる事は出来ないか。

そう考えて、澪は追手の二機を振り切るべく旋回を開始。全身に食い込んでくる重力加速度に、歯を食いしばって耐えながら——ひたすらに左旋回を続ける。

だが、ただそれだけで逃げられるとは、澪も思わなかった。

二対一で、しかも相手は恐らく場数を踏んだエッセンス・モデル——いわば本職の狩人《かりうど》だ。

未だ飛び方にも慣れていない絶好の獲物を、見逃してくれるとは思えない。

現状を打開する手段を、澪は持ち合わせていない。

だが、もしそれを誰か他の者が持っているとすれば……？

鈍臭い澪は、何も無いような処《ところ》で足をもつれさせて、よく転んだ。そしてその度に面倒臭そうにしながらも、彼は手を差し伸べてくれた。

幼い頃から、何度も、何度も、何度も。今日も東京駅で迷っていた自分の処に来てくれた。辛《しん》抱《ぼう》強く待っていてくれた。

それは――

「将にぃっ……！」

脳裏に浮かぶ、はとこの名を――澪は祈るように唱《とな》えていた。

⚙

澪が飛び立った後――彼女と入れ替わるようにして再び姿を現した異形に、俺は詰め寄っていた。

「説明しろ、これは何だ⁉　何が起こってる⁉」

空に街が鏡映しのように見えたと思ったら、そっちに『墜ち』て。

レシプロ戦闘機の翼を持った女の子達が、飛び回り、機銃を撃って。

挙句に、俺達は攻撃され――そして今、澪が『飛んで』いってしまった。

正直、自分の頭がおかしくなったのかと思う。いや。多分その方がきっと幸せなのだろう。朧《おぼろ》気《げ》ながら俺が想像し脳裏に描いた、洒落にならない構図よりも、ずっと。

「澪はどうなった？」

「…………」

『フー・ファイター』と呼ばれたその異形は、無言のままだ。

仮面に切れ込みを入れただけのその『顔』には元より表情など無く、詰め寄る俺を前にしても、特に反応を示さない。そもそも——俺の存在を認識しているのかどうかすら、怪しかった。

「くっ——」

俺は頭上の、宵闇色に染まりつつある空を振り仰《あお》ぐ。

あれが本物の空かどうかすら、俺には分からない。だがあそこを澪は飛んでいる。そしてその澪を二機の戦闘機が——二人の金髪少女が追い掛けていった。

恐らくは、澪を撃墜する為に。

澪を——殺す為に。

「澪は大丈夫なのか？」

そう問いながらも、俺には分かっていた。

大丈夫な筈が無い。誰かと競うだの戦うだのという事が出来ない奴だ。

ましてや殺し合いなど——

「いや、どうにか出来ないのか？　俺に何か出来る事はないのか？」

そう問う俺は——自分でも呆れる程に乱暴で、迂闊《うかつ》だった。

フー・ファイターの両『肩』とも思える部分を掴んで揺さぶる。このまま何も言わないならばぶん殴《なぐ》ってでも事情を聞き出さねばならない。そう思った。この異形に俺の、特に格闘技を習った訳でもない男の拳《こぶし》が通用するかどうかは、疑問だったが。

そして——

「トヨサキ、ショウイチロウ」

フー・ファイターは唐突にそう言った。

豊崎《とよさき》将一郎。俺の名だ。

だが、何故こいつはそれを知っている？

いや、この際そんな事はどうでもいい——

「ＸＹ型染色体《せんしょくたい》の個体に、エッセンス・モデルの出力先としての適性は無い」

フー・ファイターは切れ込みの中の青白い光を明滅させながら続ける。

ＸＹ型染色体って……それはつまり人間でいえば『男』という意味だ。女性は基本的にＸＸ染色体。この違いで人間の性別は決まる。

「先のオイハマ・ミオと近似《きんじ》の遺伝子《いでんし》情報を備え、共に行動していた為に、一個体として誤認《ごにん》、位相《ゾーン》戦闘領域侵入許可の選別《フィルタリング》に関して齟齬《そご》を生じた。想定外の事態と認める」

淡々と何かの数式でも読み上げるかのように、フー・ファイターは言った。

やたらに面倒臭い言い回しをしているが——俺が澪と親戚で、一緒に行動していたから、俺と澪を、まとめて取り込んでしまったって事か。

こいつは……当初、俺と澪を別個の、二人の人間としてすら認識していなかったのだ。

やはり人間じゃないのだ。恐らく人間に近い形をしているのも、何らかの必要で意思疎通《コミュニケーション》が必要になった時の為に、利便性が高いから、という程度の事でしかないのだろう。その一方で、完全に人間の姿になっていないのは、そもそも、存在がかけ離れすぎていて……この程度でも『似せた』つもりになっているだけなのかもしれない。

例えば『魚』と言われて誰もが思い描くような、記号としての絵を描いたとして……実際にその絵を魚に見せても、それを『同種』だと認識はしないだろう。それと同じ理屈《りくつ》なのではないか……？

やはり、こいつは——

「………………」

すっ……と音も無くフー・ファイターの姿が薄れる。

同時に俺の手の中の、掴んでいる肩の感触すら消えていた。

「あ、おい、待て⁉」

そう叫ぶが、もう遅い。

フー・ファイターの姿は、虚空に溶《と》け去るようにして消えていた。

これだけ非常識な場面に遭遇《そうぐう》し続けたのだ、今更、その程度で驚く事も無いが——

「くそ、状況がわからんかったら、どうにもならへんやろ……！」

関西弁でそう吐き捨ててから、俺は気付いた。

いや。状況を知ってそうな奴が、もう一人居る。

「あんた……！」

俺は翼の片方を破壊されて飛べなくなっている少女を振り返った。

翼が痛むのか、彼女は先程からわずかにその綺麗《きれい》な顔をしかめて、黙っている。そんな状態の少女に詰め寄るのは気が引けたが、澪の為だ。遠慮している場合ではない。

「これは一体、何なんや、どういう事なんか教えてくれ、澪が——俺のはとこが、ツレが危ないんや！」

「………………」

ボブカットの少女は、束の間、迷うように眉を顰めていたが——

「あれは敵」

頭上を振り仰いで彼女はそう言った。

あれ、というのはフー・ファイターではなく、澪を追っていった二人の事か。

「私達、日本の戦闘機の『エッセンス・モデル』を目の敵《かたき》にして追ってくる存在よ」

「……やっぱり、零式なんか」

俺は、彼女の翼の形状や、そこに備わった機銃、それに彼女の身体の上に描き出される『機体』としてのパターンから――何より、その灰白色の翼に大きく描かれた、日の丸から――かつて日本が誇った艦上戦闘機を連想していた。

最初に山手線に乗っていた時、見た影も恐らくは、彼女のものだ。どういう理屈かは分からないが、彼女等の落とす影は、少女のものではなく、戦闘機の輪郭になっていた。

「ちらっとやから、はっきりせんけど、あっちの二人――二機は、〈コルセア〉と〈ヘルキャット〉やな？」

「……よく分かるわね」

少し驚いた様子で少女は言った。

さっきの金髪少女二人は――プラット・アンド・ホイットニーのR-2800エンジンを搭載していた。音で分かる。以前、レストアされた戦闘機が飛ぶ画像――高解像度、高音質のものを、動画サイトで見た事があるからだ。

ということは……翼の形状や色から判断して、片方はF4U〈コルセア〉、もう片方はF6F〈ヘルキャット〉だろう。どちらも二千馬力級のエンジンを積んだアメリカ産の戦闘機で、零戦とは何度となく戦った敵機である。

「よりにもよって〈ヘルキャット〉かよ……！」

あれは、零戦の天敵とも言うべき機体だ。

澪でなくとも、勝つのは難しいだろう。

「くそ、どうする……どうすればええんや？」

考えろ将一郎——俺は、自分を叱咤《しった》する。

俺は男で、だからどれだけ焦《じ》れったくとも、澪みたいに翼を得てこの奇妙な世界で実際に空戦する訳にはいかない。少なくとも此処はそういう法則《ルール》になっているらしいのだ。今はそれに抗議している余裕も、裏をかく手段を探している時間も無い。

相手は〈コルセア〉と〈ヘルキャット〉。

戦術も無しに、単機で挑めば、確実に——

「……待てよ」

俺は苦痛を堪《こら》えて座り込んだままの少女——もう飛べなくなった、零戦二一型のエッセンス・モデルの方を振り返った。

「協力してくれ。頼む」

✿

「将にぃ……将にぃ……！」

はとこの名を何度も呼びながら、澪は飛び続ける。

逃げなければ。とにかく逃げなければ。

今はその事しか考えられない。

ふと——

「……『巴戦《ともえせん》』？」

そんな言葉が澪の脳裏を過る。

「な……なんだっけ……？　なんで大相撲《おおずもう》……？」

恐怖と焦燥《しょうそう》で混乱《こんらん》する澪は、自分の中に焼き込まれた知識を持て余していた。

『巴戦に持ち込めば良いのではないか？』という自分自身の中で生まれた考えを、理解出来ていないのだ。勿論、ここで言う『巴戦』とは大相撲の用語ではなく、空中戦《ドッグファイト》の事を指す日本語である。

「と……とにかく……」

逃げなければ。

澪は二機の敵に追われながら、ビルの間を旋回して飛び続ける。

そんな中――

「将にぃ……！」

場違いにも昔日《せきじつ》の記憶が、脳裏を過る。

昔、子供の頃、皆で鬼ごっこをして遊んだ時の事。その中には、未だ田舎住まいだった将一郎の姿もあった。林の中や、廃屋《はいおく》の中、場所は様々だったが――澪は大抵《たいてい》、最初の方で捕まってしまっていた。そして彼女を捕まえるのは決まって将一郎だった。

「将にぃ……やっぱり私……鬼ごっことか苦手や……！」

半泣きで澪は呟く。

そして――

「――本当に？」

疑いの色を表情よりも声音《こわね》に強く滲ませて、少女は問うてきた。

「こんな細い路地に？」

「絶対、間違いない」

俺は自信たっぷりに頷いてみせた。

「あいつなら必ず此処に飛び込んでくる」

実を言えば、絶対だの必ずだのといった言葉を使うのは嫌いなのだが……ここで俺が不安げな様子を見せても何の意味も無い。少女をこっちの『駒《こま》』として引っ張り込んだのならば、後は、怖《おそ》れや迷いを噛み殺して、自信満々に彼女を動かしてやる――それが俺の責務《せきむ》だろう。

もっとも、俺は澪がこの細い路地に飛び込んでくる事について、確信があった。

俺は澪の癖を――誰かに追われている時に、どう動くのか、動いてしまうのか、多分あいつ自身も自覚していないその癖を、知っている。

そして待つ事――一分ばかり。

その時は来た。

「――よし！」

ビルの陰から躍《おど》り出る、澪の姿。

直後、その後方に食らい付いてる敵機の姿も見えた。

「本当――あいつ、子供の頃から全然変わってないな！」

鬼ごっこをすると、いつも左回りに弧《こ》を描いて動くので、すぐに追いつける。スマートフォンの上に出してあった地図と照らし合わせれば、彼女がどう動いた末に、何処に逃げ込むかも想像がついたのだ。

「将にぃ……！」

俺を呼ぶ声を残し、澪が猛烈な速度で俺達の頭上を飛び去っていく。

真下に居た俺達に気付いてないようだったが、まあそれはいい。むしろ気付いていたらあいつの事だ――こっちにしがみつこうとして、失速し、墜落しかねない。

一瞬の間をおいてから迫ってくる、二機の影。

そして――

「――⁉」

「撃てッ！」

先を飛ぶ金髪少女の表情が、驚きに歪むのを見ながら――俺は叫んだ。

零戦二一型の二〇ミリ機銃が吠える。

少女は、翼を片方潰されて、もう飛ぶ事は出来なかったが――二〇ミリ機銃は腕に抱えていて撃つ事が出来るのだ。

間近で聴くと腹に直接響くような、いや、それどころか身体全体を叩《たた》いてくるかのような轟音がビルとビルの間に跳ね回り、宵闇の虚空に朱色《しゅいろ》の銃火が閃《ひらめ》いた。

がくん、と先を飛んでいた敵が――恐らくは〈コルセア〉のエッセンス・モデルが、つんのめるようにして姿勢《しせい》を崩《くず》す。真正面から直撃を喰らったからだろう。飛ぶというよりも、ただ吹っ飛んでいくような状態で回転しながら、〈コルセア〉は俺達の頭上を通り過ぎ、立ち並ぶビルの向こう側に消える。

墜落したらしい音は――機体が地面に激突したらしい破壊音は、その一瞬後から聞こえてきた。


やはり二〇ミリ機銃の破壊力は凄まじい。

本物の射撃を見たのは、俺もこれが初めてだったが、以前に読んだ本では、数発の命中弾で敵機を空中分解させてしまう程だったとか。

敵は戦闘機だ。

少なくとも戦闘機として行動し、戦闘機としての能力で戦っている。

当然ながらそれは……戦闘機による戦いの常道《じょうどう》に思考がしばられるという事をも意味する。戦闘機同士の戦いにおいて、翼が破壊され、もう飛べない機体など死んだも同然、敵の戦力としてなど計算しない。当たり前だ。

だが、だからこそ……そこに俺達がつけ入る隙があった。

要するに、俺は飛べなくなったゼロ戦二一型の二〇ミリ機銃を、地面に固定された対空砲座《たいくうほうざ》として用いたのである。

「〈ヘルキャット〉は――」

俺は慌てて、もう一機の敵を探す。

視界の端で、〈ヘルキャット〉らしき機影が上昇に転じているのが見えた。

撃ち洩《も》らしたのだ。後方を飛んでいただけあって、俺達の待ち伏せに対処するだけの間があったのだろう。

ただ――それでも機体の何処かに被弾はしているようだった。煙か、あるいは漏れる燃料なのか、とにかく不自然な一線を空中に残しながら、〈ヘルキャット〉のエッセンス・モデルは俺達の視界から飛び去っていった。

どうやら逃げてくれたらしい。

俺は安堵《あんど》の溜息をついて――

「…………」

ふと足元に落ちているそれに、気付いた。

明らかに機械部品と分かる金属製の小さな塊。破損して形状が崩れているので、さすがに俺にもそれが何の部品かは、分からなかったが――

「……エッセンス・モデル……」

数発で敵機を空中分解し得るという、二〇ミリ機銃の威力。

その直撃を喰らった場合、エッセンス・モデルはどうなる？

いかにも後付けといった印象の翼はともかくとして……少女の肉体部分にそれが命中した場合、飛び散るのは、肉片なのか金属片なのか、血潮《ちしお》なのか機械油なのか。そもそもどうやってあの少女達は動力を得て、飛んでいるのか？

生き残ったと確信し、気持ちに余裕が出来たからなのか……今更ながらに、そんな事が気になった。

「…………」

振り向いてみれば、〈コルセア〉が消えたビルの向こうから、煙が上がっているのが見える。

だが俺はどうしてもそこに行って、地面にぶちまけられているであろう『残骸《ざんがい》』を確かめる気には、なれなかった。

✿

気が付けば――後方にぴったり食いついていた筈の、敵の気配が二つとも消えていた。

「将にぃ……？」

大きく旋回して、澪は将一郎を探す。

先程、視界の隅を――自分の真下を彼の姿が過ったような気もするのだが、何度か銃撃を受け、無我夢中《むがむちゅう》で飛んでいた為に、確かめている余裕が無かったのだ。

執拗に澪を追い掛けていた敵機が、何の理由も無く諦めるとは考えにくい。


ならば、何かがあったのだ。

澪にとっては手詰まり以外の何物でもない状況を、一変させてくれるような何かが。

それはきっと……

「……あれは」

道路の上に、アスファルトを何かで抉り取ったような跡があった。長々と引かれたその『疵痕《きずあと》』の先に、黒い塊がわだかまり、煙を噴いていたが……それが何かを詳細に確かめる前に、澪は将一郎が自分を呼ぶ声に気付いた。

「将にぃ！」

声を追って更に旋回――高度を下げる。

地上で大きく、こちらに向けて手を振っている将一郎の姿が見えた。

「やっぱり将にぃが……」

助けてくれたのだ。どうやってかは分からないが。

そして——

「エッセンス・モデル〈コルセア〉03の撃墜、出力先の適性消滅を確認。エッセンス・モデル〈ヘルキャット〉11の破損、撤退《てったい》行動を確認。以上の要件を以て記録番号459の戦闘終了を認定」

澪の頭上に再び白い円盤が現れる。

フー・ファイター……対人インターフェイスである少女形態に変身する前の姿だ。

「記録番号459の戦闘における情報収集を終了する」

そう言って再び円盤は姿を消した。

その無味乾燥《むみかんそう》な言葉の羅列が、何を意味するのか……澪が理解したのは、次の瞬間であった。

「あっ……⁉」

世界がぐるりと回転する。

空を間に挟《はさ》んで、再び鏡映しのように出現する——二つの東京。

同時に重力の方向が変わったのか、また、空に向かって将一郎と、それから灰白色の翼を備えた少女が墜ちてくるのが、見えた。

「将にぃ……！」

澪は、翼を翻して落下する二人を追い掛ける。

空中で手を伸ばし、将一郎を何とか抱き留めたが、さすがにもう一人を抱える余裕が澪には無い。何とか足の尾翼にでも引っかけて、彼女を救おうとする澪の前に——

「——！」

虚空より滲み出るようにして現れたのは、人型形態のフー・ファイターだった。

「エッセンス・モデル〈ゼロ21〉02の破損状況を確認。出力先の適性を確認」

そう言うや否や、フー・ファイターは灰白色の翼の少女を、抱き留める。

次第に近付いてくる地面を見て、将一郎が訊ねてくる。

「多分……?」

どうやって地面に降りればよいのかは分かっている。脳に焼き込まれた知識の一部であり、エッセンス・モデルとしては、いちいち意識する程の事も無い。人間が歩き方をいちいち頭で考えてから足を出す訳ではないのと同じだ。

まあ、澪はしばしば何も無い処で転んだりする訳だが。

「こけるなよ、頼むから」

と将一郎。

「飛行機の事故は、離発着の時が一番多いんだからな」

「えっと……将にぃ?」

不安に揺れる声で澪は言った。

「なんだ」

「着陸は、出来るよな?」

安堵して笑顔を返す。

彼が笑えるならもう安心して良いのだ。澪もそう言って将一郎が笑った。

ずお互い無事でよかった」

「なにがなんだかよく分からないが、とりあえせた。

そう言って……将一郎は右の耳を指差して見たから、ちょっと耳鳴りがするけどな」

「まあなんとか。間近で二〇ミリの音とか聴い
「うん。将にぃは?」

「澪……大丈夫か」

瞬く間の出来事である。

女も一緒に。

空の中に溶けて消えていった——抱き留めた少
そしてそのまま、フー・ファイターはまた虚
「復元作業開始」

「タ、タイヤ……出てる？」

澪の翼は背中に生じた突起部分に付いている訳だが……将一郎を抱えている上、今もなお飛んでいるという事もあり、背後を振り返って確認している余裕が無い。澪自身は出したつもりでいても、元々翼面下の着陸脚の状態など、本来彼女には備わっている筈の無い身体感覚であり、少しでも焦ると、もう訳が分からなくなるのだ。

「おい……⁉」

将一郎が慌てた様子で声を掛けてくる。

「だ、大丈夫かな、大丈夫かな、タイヤ出てへんと、駄目なんよね⁉」

澪は恐慌状態《きょうこうじょうたい》に陥る寸前である。

着陸脚が出なければ、胴体着陸をするしかなく……それが一歩間違えば機体が炎上《えんじょう》するような大惨事《だいさんじ》になるという事は、彼女も航空機を描いた映画やドラマの知識で知っていた。

「ああ、くそ、俺の位置からも見えな——いや」

何か気付いた様子で、将一郎が言った。

「大丈夫だ、確認棒が出てる」

「え？」

「零戦は、着陸脚が出ているかどうか、確認棒が主翼上面に出るんだよ。元々の操縦士だって位置的には見えない訳だしな」

「そ、そうなんや……」

とりあえず安堵して高度を落としていく澪。

途中——ビルの窓に映る自らの姿で、彼女は濃緑色の翼の下から、着陸脚が展開しているのを確認する。

青白い光を放つ回転体——車輪が瞬時に拡大。

次の瞬間、澪は軽い衝撃と共に着陸していた。

そして——

「なんとかなったね、将に——」

「阿呆《あほう》、気ぃ抜くな！」

もう安心、と緩んだ笑顔で将一郎の方を見る澪だったが——将一郎はむしろ表情を引《ひ》き攣《つ》らせて叫んだ。

「前見ろ前ッ‼」

「え？　——あッ⁉」

曰《いわ》く——『車は急に止まれない』

そして滑走中の飛行機も、また。

「——ッ⁉」

猛烈な速度で迫り来る路上の大型トラックを見て焦る澪。いや。勿論迫っているのは澪であって、大型トラックは静止した状態であるが。

制動をかける澪だが、勢いがついているので、すぐには止まれない。回転体は地面を擦《こす》りつつ滑って——大型トラックに向け二人は真っ直ぐに突っ込んでいった。

「ど、ど、どうし——」

「だあああ⁉」

叫びながら将一郎が手を伸ばして——近くに在った交通標識の支柱を摑む。

さすがにそれだけで止まる事は出来ず、将一郎の手は滑って、すぐに支柱を離してしまったが——針路《しんろ》は大きく大型トラックから逸れた。

だがその先には更に別の車が停まっていて
——

「…………ッ！」

思わず眼を瞑《つむ》る澪。

衝突の瞬間に備えて身を固くする。

だが…………

「——ふぅ」

将一郎が漏らす安堵の吐息に——澪は、眼を開いた。

「……うぁう」

思わず変な声が出た。

本当に眼の前、数メートルどころか数十センチの距離に、貨物自動車《バン》の――これまた大きな箱形の車体があった。止まるのが後一秒でも遅れていれば、二人して貨物自動車の側面に激突していた事だろう。

「勘弁《かんべん》してくれ……」

澪に抱き抱えられたまま、将一郎が喘ぐように言った。

「……ごめん」

将一郎を下ろして深呼吸を一つ。

すると――背中にあった翼の感覚が溶けて消えた。同時に右腕に抱えていた二〇ミリ機銃もちりちりと音を立てながら『折り畳まれて』いく。まるで絵が描かれた紙を折るかのように、澪の身体に付随《ふずい》していた幾つもの機構《メカニズム》が、幾重《いくえ》にも幾重にも自らを折り畳んで、消滅する。

最後に……身体を包んでいたレオタード状の衣装も溶け消えて、入れ替わるようにそれまで着ていた濃緑の制服が戻ってきた。

「ひゃっ……」

「どうした？」

悲鳴じみた声を上げる澪に、眉を顰めて将一郎が問う。

「どこか痛むのか？」

「そうやなくて、その……将にぃ？」

澪は上目遣いに将一郎を見る。

「み、見た？」

「え？　あ――」

服が入れ替わる一瞬。

ほんの短い時間とはいえ澪は全裸《ぜんら》に近い状態だった。正確にはレオタード状の衣装から制服に順次『変換《へんかん》』されていく過程で、混在《こんざい》を避ける為か、どちらの服に覆《おお》われるでもなく、素肌《すはだ》がそのまま見えていた帯状の領域があったのである。

「まあ、その、なんだ、安心しろ」

将一郎は頬を掻《か》きながら言った。

「お互いガキの頃に散々見たし、今更だろ」

「忘れて……今のも含めて……！」

溜息をつきながら言う澪。

しかし……

「今の、本当に、本当の事やったんかな……？」

澪は周囲を見回しながら言った。

いつの間にか、二人を囲む街の風景は、ごくごく普通のものになっていた。

車は音を立てて走って行くし、夜道は人が歩いているし、コンビニの中には商品を補充している店員の姿も見えた。確かにフー・ファイターの言う『位相戦闘領域《ゾーン》』は、解除されたのだろう。

「なんか夢見てたみたい」

「気持ちは分かるがな。だったら俺もまったく同じ夢を見てたのか？」

「……気が合うね」

「そういう問題ちゃうやろ」

と、手の甲で関西人ぽく澪にツッコミを入れる将一郎。

「そうやね……空飛んだ感覚はまだ残ってるし……やっぱり本当やったんや」

風を巻いて。空《くう》を切って。己の身体一つで空間を貫いて飛ぶ究極の自由。

その感覚は、未だ澪の上にはっきりと、生々しく、残っている。

「あ、これ、警察とかに言わんでええんかな⁉」

「私、蜃気楼みたいに頭上に出来た東京っぽい街で、翼生やして空中戦やりましたって言うのか？」

「だ、駄目かな」

「うん、そうか！　大変だったね！　——って何の疑いも無く信じてくれたら、そっちの方がやばい気がするけどな」

「うーん……」

困り果てて唸る澪。

確かに、こんな異常な体験を、他人に話して信じて貰《もら》えるとは、考えにくい。

「……とりあえずネットには繋がるようになったな」

将一郎がスマートフォンを確認しながら言う。

「とりあえず、おまえの寮に急ごう。あまり遅くなると寮母《りょうぼ》さんが心配するだろ」

「うん。そうやね」

多少疲れはあるが、この場でじっとしていても意味が無い。

澪と将一郎は、スマートフォンの地図を確かめながら、改めて目的地に向かった。

第二章　再会

澪の入学式——当日。

午前六時に俺は眼を覚まして、準備を始めた。

諸事情あって入学式に出席出来ない澪の両親の代わりに、俺が父兄《ふけい》として出る事になっているからである。正直、二つしか歳の離れていない俺が保護者《ほごしゃ》代わりというのも気が引けるが、誰も行かないよりはマシだろう。

トーストと牛乳とゆで卵で手早く朝食を済ませると、俺は顔を洗い、歯を磨《みが》き、丁寧《ていねい》に髭《ひげ》を剃《そ》っていく。

身だしなみには普段の倍近い時間を掛けた。

何しろ女子校の入学式である。俺のような中途半端に若い男が足を踏み入れるとなると、最低でもこざっぱりした感じにしておかなければ、無意味に怪しまれる。特に目の下に隈《くま》なんか作って行った日には、いきなり不審者《ふしんしゃ》として通報されかねない。

服は普段、滅多に着ないスーツを引っ張り出してきた。

前に着たのは親戚の葬式《そうしき》の時だったろうか。ネクタイも、実を言えば冠婚葬祭《かんこんそうさい》用の白黒二本を除けば無難な柄の一本しか持っていないので、それを締める。

「…………」

鏡の中の俺は――不景気そうな顔をしていた。

眼の下に隈が出来ているのは、この数日、あまり眠れていないせいだ。あの夜の事が頭の片隅に引っかかって、ぐっすり眠る事が出来ない。

多分これは軽い心的外傷《トラウマ》になっているのだろう。

殺されかけたのだから、当然である。

それも訳の分からない状況で、戦闘機の能力を与えられた少女達に、機銃で狙われて。およそ普通の人生を送っていれば、積めそうにない独特の経験な訳だが……それを喜べるような余裕は、俺には無かった。

だがそれよりも何よりも、気掛かりなのは澪である。

大雑把《おおざっぱ》な性格の俺でさえ、ろくに眠れないのだ。あのおっとりした俺のはとこが、殺し合いの現場にいきなり叩き込まれたのだから――それこそノイローゼになっていてもおかしくはない。とりあえず毎日電話する限り、それ程、深刻な状態になっている様子は無いが……こういう事は、直接会って顔を見ないと分からない場合も多い。

「あいつ、変なところで強情だしな……」

他にも、考えるべき事は幾つもあった。

澪は、あのフー・ファイターと呼ばれていた何者かに、戦闘機の――具体的には零戦五二型の能力を与えられたようだが、それは今後、どんな影響を及ぼすのか。

そもそもそれは、肉体改造なのか。それともネットワーク関係のアカウントのように『能力を何処かから呼び出す権利』を付与《ふよ》されているだけで、澪の肉体そのものは何ら手を加えられていないのか。前者だったとすると……澪は元に戻る事は果たして可能なのか。元に戻らずとも、人間としての生活は支障無く送れるのか……

考え始めるときりがないが、答えを出すには余りに情報が少ない。

「あ——やべ」

どうやら、また時間も忘れて考え込んでしまったらしい。

ふと時計を見ると、約束の時間が迫っていた。

俺は慌てて服装と髪型を確認——鞄《かばん》を手にすると、靴に爪先を突っ込み、ぴょんぴょんと跳ねて足を靴の中に押し込みながら玄関を出た。

俺の下宿と澪の寮は、あまり離れていない。自転車で数分、歩いても二十分は掛からない距離だ。それは『多少の遅れも、少し急げば取り返せる』と油断してしまう距離でもある。そしてその油断故《ゆえ》に大体の場合、微妙に間に合わないのだ。

とりあえず俺は、小走りに待ち合わせ場所へと——澪の暮らす寮へと向かった。

寮のすぐ傍の道端《みちばた》にある、お地蔵様《じぞうさま》。そこが待ち合わせの場所だった。

息を切らせながら辿り着くと——既に澪は待っていた。

「将にぃ、遅いよ……」

恨めしげにそう言ってくる澪。

ちなみに約束の時間より三分遅れである。もっとも、元々かなりの余裕を見て待ち合わせているので、何か問題のある遅れ方ではない。

「三分くらい大目に見てくれよ」

「数字の問題やなくて……こういう時は男の人が先に来て待ってるもんやって……」

「そういうもんか？」

「多分。テレビでそう言うとったよ」

女っ気の無い工学系専門学校生活に慣れきっている為、そもそも若い女性と待ち合わせるという機会が無い。はっきり言ってこの辺の機微というか『常識』は、俺には未知の領域だった。

「私三十分も待っとったんやからね？」

「待つな。それはお前が早く来すぎだ」

一緒に歩き出しながら、尚もこちらを責めてくる澪に、俺はそう返した。

「早く眼が覚めたから……」

と、俯き加減で言う澪。やはり澪も、眠れない夜を繰り返していたのか。

「あれからどうだ？　異常はないか？」

「異常……？」

「痛いとか苦しいとか……身体の調子だよ」

「うん。特には……ないかな。でも」

俺の問いかけに少し首を傾《かし》げながら澪が応える。

「ちょっと意識したらこうなってしまうんよ」

ふぉっ——と空気が鳴いた。

「ぬおっ⁉」

同時に、いきなり頬を張り倒されて仰《の》け反《ぞ》る俺。

三歩ばかり後退《あとずさ》って踏みとどまると、改めて澪の姿を確認——血の気が引いた。

そこには二枚の翼が出現していた。零戦五二型のあの主翼だ。澪の背中に生じた突起部を基点として左右に広がる超々ジュラルミンの構造体。俺の顔面を思いっきり張ってくれたのは、いきなり出現したコレだった。

「あ……アホッ！　隠せ、早く！」

俺は慌てて澪の手を引っ張って路地裏に駆け込む。人通りが少ないとはいえ、ここは街中である。誰に見られるかも分からない。

「将にぃ？」

「いきなりそんなもん出す奴があるか！　下手《へた》に見られたら——」

化け物扱いされかねない。

続く言葉を、しかし俺は呑《の》み込んだ。

「うん……ごめん」

不思議そうに首を傾げていた澪だったが、俺の言わんとするところを悟《さと》ったらしい。

彼女が身じろぎすると、巨大な翼は、下向きに垂れ下がり——更にはまるで鳥が羽を畳むかのように幾重にも折れ曲がった末に、消滅。背中の突起部も、また、ちりちりと音をたてながら瞬く間に小さくなって、消えた。

「ああ……一瞬で仕舞う事も出来る訳か」

安堵の溜息をつきながら、俺は言った。

どうやら、澪の意思で出し入れが出来るらしい。少し意識すると出てしまう——という事は、恐ろしく軽い引き金のようなものか。この分だと、びっくりさせても出てきそうだ。

そういえば、前に『変身』した時は、制服が分解されてレオタードのような、ボディペイントのような、身体の線がそのまま出る姿になっていたが……今は制服はそのままで、ただ翼だけが出ていた感じだ。澪の背後に回って見てみたが、制服が破れた様子は無い。

一体どういう原理なのか……？

「正直加減が分からへんで……昨日も出たんやけど……」

と澪は言った。

「昨日もって……何処で？」

「寮の部屋の中。一人部屋やから、誰かに見られて——とかはないけど、荷物ひっくり返してしもて……片付けるの大変やってんで」

そう言って澪は笑った。

「そりゃそうだろうな」

出現した翼が、部屋の壁を突き破らなかっただけマシだろう。

しかし……

(気にしてたんじゃないのか？)

いつも通りの、おっとりした雰囲気《ふんいき》の澪を見て、俺は内心で首を傾げた。

不安で眠れないのかとも思っていたのだが、今、翼の話をしていても悲壮感《ひそうかん》は感じられない し——特に、焦ったり慌てたりする様子は無い。ごくごく自然な振る舞いだ。

自分の身体がどうなってしまったのか、気にならないのだろうか？

それとも……

「いや、まあそれは後で話そう。さすがに時間が無くなってきた。急ぐぞ」

俺は澪を促して、入学式の会場である女子校へ向かった。

脳裏にわだかまる不安を……とりあえず意識しないようにしながら。

✿

入学式は、つつがなく終わった。

その後、教室に戻った新入生達は担任の教師に促され、今後三年間学舎《まなびや》を共にする学友達に自己紹介をする事になった……のであるが。

「…………」

その間——澪は、ずっと上《うわ》の空《そら》だった。

自分の番が回ってきた時にも、ぼんやりと窓の外の空を見ていて、担任の教師に注意された最初の生徒になってしまった。新しい同級生達には笑われたが、お陰で多少緊張の漂っていた教室の空気は一気に和《なご》んでいたようだ。

そして――

「………」

気が付けば、教室の中の生徒は半分くらいに減っていた。

既に教壇《きょうだん》に担任教師の姿も無い。鞄を手に教室を出て行く同級生の姿も見えて――そこでようやく、もう帰っていいらしい事に気付く。

「あー……」

澪は、苦笑を浮かべながら席を立った。

父兄として入学式に出てくれた将一郎とは、校門のすぐ外で落ち合う事になっている。

いくら父兄という立場でも、将一郎は未だ十代の若者である。女子校の中をあまりうろうろしているとあらぬ誤解《ごかい》を受けそう、という事でこうなったのだ。

「うーん……綺麗やなぁ」

校舎《こうしゃ》の中を歩きながら澪は呟く。

パンフレットでも何度も観《み》たし、受験の時にも一度来ているのだが、それでもこの校舎はとても美しく、その中をただ歩いているだけで楽しい。

歴史ある由緒《ゆいしょ》正しい女子校という事で――校舎は基本的に赤煉《あかれん》瓦《が》造《づく》り、見るからに旧い建築様式だが、それ故に荘厳《そうごん》な雰囲気が漂っている。無意識に背筋が伸びるかのような……そんな空気に満ちているのだ。堅苦しいと感じる者も居るかもしれないが、澪は、こういう雰囲気は嫌いではない。

「ええと……」

きょろきょろと周囲を見回しながら、澪は

昇降口《しょうこうぐち》の方へと歩いて行く。

普段から注意力散漫な傾向《けいこう》のある澪だが、今は校舎を眺めるのに夢中で、余計に身の回りへ意識が向いていなかった。

なので――

「――あっ⁉」

よそ見をしていた澪は、眼の前の曲がり角から出てきた生徒とぶつかってしまった。

その場に尻餅《しりもち》をついてしまう澪。幸い、相手は一歩後退った程度で倒れずに堪える事が出来たようだったが。

「ごめんなさい、私――」

咄嗟に謝罪の言葉を口にする澪。

相手が怒っていないかとその顔を見上げて――

「――！」

眼が合った途端――ふぉん、と澪の背後で空気が鳴いた。

「あ、あなたは……ふひぇ⁉」

思わず裏返った声が漏れた。

また澪の背中からは主翼が生えていた。

だがそれだけでなく、驚いて翼を出してしまったせいか、その『変身』が実に中途半端で……制服は中途半端に分解され、身体の表面を覆うエッセンス・モデルとしての表面装甲《そうこう》も、中途半端な展開になっている。

具体的にはスカート無し、下着程度にしか肌を覆っていない姿で、しかし制服のブレザーはそのままという……見方によっては倒錯的《フェティッシュ》というか、妙に扇情的《エロティック》な格好《かっこう》になっていた。

「あ、あ、えと、あの……⁉　ああ、引っ込まない⁉」

真っ赤になって狼狽《ろうばい》する澪。

恥ずかしさからなのか、エッセンス・モデルとしての異形を見られたからなのか、自分でもよく分かっていなかった。勿論、相手の事を考えれば、後者はあり得ないのだが……とにかく澪は、驚き、混乱していたのだ。

「…………」

相手の生徒は眼を細めて澪を睨《にら》み――そしてその襟首を摑むと、混乱した状態の彼女をすぐ傍の空き教室へと引っ張り込んでいた。

「落ち着きなさい」

「えと、あの、これ、これどうしたら――」

「落、ち、着、け」

澪の前にしゃがみ込み、真正面からその顔を覗き込んで――更にはやや語調をきつくして、相手の生徒は言った。

「あ、はい、ごめんなさい」

「深呼吸。三回して」

「え？　はい、えっと――」

言われるがままに澪は深呼吸する。するると、胸の奥で暴れていた心臓も落ち着きを取り戻した。

長々と溜息をつく澪を眺めながら――

「貴女、一体何やってるの……！」

相手の生徒は熱の無い、ただ呆れの色だけが滲む声でそう言った。

「何をって……これから帰るつもりやったんですけど」

「……その格好で？」

相手の生徒は澪の翼を指差す。

「あ、えっと、引っ込めます、はい」

澪は何度も頷きながらもう一度深呼吸――翼の『仕舞い方』を思い出す。

ちりちりと音をたてながら、翼は幾重にも折り畳まれ、背中の突起部分も小さくなって、諸《もろ》共《とも》に消えた。同時に、学校指定の制服が再構成

される。

「あ、あの……」

「本当、どうして貴女が此処に居るの？」

物憂《ものう》げな表情で澪にそう問うてきたのは――

あの、零式艦上戦闘機二一型の出力先に選ばれた少女だった。

✿

「…………遅い」

俺はスマートフォンの時刻表示を睨んで、そう呟いた。

校門のすぐ外側――澪との待ち合わせ場所。

待ち合わせの時間から、既に十分を経過していた。

今朝は『男が先に来て後から女が来る』のが常識だ――みたいな事を澪は言っていたが、この場合の『後から』というのは、三分後を指すのか、十分後を指すのか、半時間後を指すのか。

勿論、今朝の待ち合わせに遅れた俺が、澪の遅刻をどうこう言えた義理ではないのだが……場所が場所だけに、長く待っているのは辛《つら》い。

「…………」

「…………」

校門から出てくる生徒達――女子校なのだから当然の如く全て女生徒である――が俺の方へ、物珍しそうにちらちらと視線を送りつつ、通り過ぎて行く。今日は入学式があったので、部外者の姿は他にもある筈だが、さすがに十代の男子となると目立つのだろう。

とにかく勘弁して欲しい。別に罵《のの》られた訳でも嘲《あざけ》られた訳でもないのだが、何だか場違い感が凄いというか、自分が空気の読めない人間になったみたいで――もの凄く、いたたまれない感じだった。

「澪……早く来てくれ……」

俺は校門の柱に背中を預けて、澪が来るのをひたすら待つ。

更に二度ばかり時間を確認、待ち合わせ時間から十五分が経過した時点で、俺は澪に電話する事に決めた。校内は携帯電話の使用が禁止だという話だったが、何もせずに待っているのは、手持ち無沙汰《ぶさた》に過ぎる。

澪の携帯番号を画面に呼び出したところで――彼女の声が聞こえた。

「ごめん、将にぃ――待った？」

……声が妙に嬉しそうなのは、何故なんだろう？

そんな事を考えながら校門の柱から背を離し、俺は澪の方を振り返る。

「待ったどころの話じゃない」

「え、でも十五分くらいでしょ……？」

「お前、今朝は三分で文句言ってただろうが」

「あれは、だから、将にぃと――」

そこまで言って澪は、何やら言葉に詰まり――そっぽを向いてしまう。

何をいきなり拗ねてるんだ、こいつは？

「女子高生にじろじろ見られて、晒《さら》しものになった気分だよ。俺は珍獣《ちんじゅう》じゃねえっての」

「白浜《しらはま》のパンダみたいに？」

「パンダみたいに。そういえば繁殖《はんしょく》も随分《ずいぶん》成功してるのに、なんで関東方面じゃ話題にもならないんだろうな――って」

どうでもいいような地元ネタの話題の途中で、俺はふと気付いた。

澪のすぐ後ろ、まるで影のように黙然《もくぜん》と立っている、その人物に。

「あんたは……！」

短めに切り揃えた髪に、カチューシャをした少女。

零式艦上戦闘機二一型の特徴をその身に顕《あらわ》していた女の子だ。

「この前の……⁉　何でここに？」

「それはこちらの台詞」

と少女は言った。

「――だったのだけれど、簡単なところは追浜さんに聞いた」

「澪……？」

俺は澪の方を見る。

「私もさっき会って驚いたんよ……」

「同じ学校に入ってくるとは思わなかった。とにかく詳しい話は中で」

少女は校舎の方を指し示すと、俺達の同意も確かめずにすたすたと歩き始める。

俺と澪は顔を見合わせて――

「仕方ない。行くぞ」

「……うん」

俺は、澪の背中を押して歩き始める。

仕方ない――とは言ったものの、これは好都合と言えた。

今の俺達には、とにかく情報が足りない。

そして、その状況を理解する上で欠けている、パズルのピースの幾つかは……あの少女が俺達に与えてくれる筈だった。


旧いが――よく手入れの行き届いた、歴史ある校舎。

その中を、少女の後について、俺と澪は歩いていた。

何処に連れて行くつもりなのかは分からない

が、大方、無関係の他人に話を聞かれる事の無い場所なのだろう。先日のあの件——誰かに聞かれても本気になどして貰えないとは思うが、深刻そうな表情を浮かべて妄想《もうそう》を語り合う少女二人と野郎一人、という図が周囲からどう見られるかを考えれば、人目は無い方が良い。

ふと横を歩く澪の顔を見ると……緊張しているのか、どうも固い表情をしている。

珍しい事だが、無理も無い。現状、詳しい事を知っていて俺達に教えてくれそうなのはこの少女だけで、彼女からもたらされる情報如何《いかん》によっては、俺達の未来は大きく変わってしまうからだ。意識すると現れる翼を見るまでもなく、何もかもがあの夜で終わり、という訳ではないだろう。

階段を三階まで上がる。この校舎の最上階だ。

そこから更に廊下をしばらく歩いて——少女が立ち止まった。

「ここなら邪魔が入らないでしょう」

彼女は制服のポケットからキーホルダーを取り出すと、小さな鍵《かぎ》を扉の鍵穴に差し込んだ。

その部屋には『生徒会準備室』とある。

「——入って」

俺と澪は、少女に促されるまま、その扉をくぐって中に入る。

先ず——壁一杯に棚《たな》が設置され、大量のファイル・ケースがそこに収められているのが見えた。どうやら書類倉庫のような場所らしい。俺と澪が入った後から少女も入ってきて、後ろ手に鍵を閉める。

「——で」

少女は、眼を細めて言った。

「私に訊きたい事があるんでしょう？」

相変わらず熱の無い……何処か気怠《けだる》いとも言

える口調だった。

「まずはあんたの——君の名前を教えてくれ。呼びにくい」

「人の名前を訊ねるなら、まず、自分から」

「あ？　——ああ、なるほど」

俺は頷いた。

あのフー・ファイターというのが俺の名前をいきなり呼んでいたし、最後にはフー・ファイターと一緒に消えたので、この少女も俺達の名前を知っているのかと思ったのだが。

「俺は豊崎将一郎。こいつは俺のはとこの——」

「み、澪……です！　追浜澪です！」

背筋を伸ばして緊張気味にそう答える澪。

少女は俺と澪を交互に眺めてから——言った。

「私は霞ヶ浦海咲。この学校で生徒会の書記をやっています」

それから少女は——海咲は室内に幾つか置かれているパイプ椅子《いす》を指差して、座るように促してくる。俺と澪が腰掛けると、彼女はパイプ椅子の一つを動かして、自分も俺達と向かい合う位置に座った。

「では——続きを」

「まず基本からだな」

俺は、頭の中で幾つかの記憶を整理しながら言った。

「君は何であんな姿で空を飛んでいたんだ？　あの時襲いかかってきた二人も」

第二次世界大戦時に空を飛んでいた、各国のレシプロ戦闘機——金属の翼と共にその意匠《デザイン》を身体に与えられた少女達。

常識的な価値観で見れば、夢や幻、もしくは創作物《フィクション》の中にしか許されないような存在である。理屈が通じない。意味が分からない。この世界の在り方さえも歪めかねない。『全て幻覚よ』と海咲が言ってくれた方が、多分、納得はし易《やす》かっただろう。

しかし……

「あれは、第二次世界大戦中の戦闘機の要素《エッセンス》を凝縮《ぎょうしゅく》したもの……『エッセンス・モデル』と呼ばれている。そして私は——襲ってきたあの二人も——その『エッセンス・モデル』の出力先として選ばれた」

海咲は淡々とそう語った。

エッセンス・モデル。要素の凝縮と再具現《さいぐげん》。

なるほど——そういう意味か。

「ええ。そこのあなた。澪さん」

「あ、はい」

「あなたもエッセンス・モデルを焼き込まれてすぐに飛んでいたでしょう？　自分が飛べる事は自然に理解していた——違う？」

「は、はい。なんだか『飛べる』って思って……」

「エッセンス・モデルを焼き込まれた者はみんなそう」

何処か物憂げに海咲は言った。

先程から、あまり口調や声音に変わった所がある訳ではない。表情も特にない。だが俺には、海咲が何処か辛そうにも……まるで、彼女自身が認め難い現実を語っているかのようにも、見えた。

「自然に自分の身体の使い方が、分かる」

「…………自分の」

俺は呻くように呟いた。

さらりと海咲は言っているが、それはつまり、海咲も澪も、やはり『改造された』という事なのだろう。少なくとも海咲にはその認識がある。

あの翼も、そして機銃も、今や彼女等の身体の一部なのだ。まさか女の子の華奢《きゃしゃ》な身体の中にアレがそのまま折り畳まれて詰まっている訳でもなかろうが、既に彼女等は生まれたままの身体ではないのだ。

「誰が君達を……誰がそんな事をした?」

俺は言葉を選びながらそう問うた。

「あなたも見たでしょう?　あのフー・ファイターを」

「フー・ファイター……あいつか」

人に近い姿をしているが、明らかに人ではないもの。

「沢山の女の子があいつにエッセンス・モデルにされている。眼を付けられたら拒否は出来ない。澪さんの時もそうだったと思う」

「そうらしいな」

俺は苦々《にがにが》しい想いで言った。

澪から聞いた話によると、大きな金属環のようなものに手足を固定され、身動きがとれない状態で『光る球』を胸に埋《う》め込《こ》まれたらしい。しばしばアメリカその他で話題になる与太話《よたばなし》――『宇宙人に誘拐《ゆうかい》されて謎の金属片を埋め込まれた』の類と似た印象だが、こちらの場合は金属『片』などという可愛い代物ではない。

「何の為に?」

「分からない。フー・ファイターは私達と会話しようって気があんまり無いみたいだから。話し掛けても返事が来る事の方が少ない」

「……みたいだな」

「ただ、これまでの様子だと多分、実験でもしているつもりなんでしょう。何の実験なのかは分からないけれど。さしずめ私達は実験体、フー・ファイターにとってはマウス、モルモット、そういう存在なのかも」

確かに、いちいちマウスやモルモットに実験の内容を教える研究者は居ない。それが研究者ではなく実験装置であれば尚更《なおさら》だ。フー・ファイターは、それ自体に確固たる意志があるようには見えなかった。あれは人に似た形をしてはいるが、実際には単なる機械——何者かの使う『道具』ではないのか、と俺は思ったのだ。

「そもそも何で戦う必要があるんだ？」

「敵だから。私は襲われたら、反撃しているだけ」

僅かに首を傾げて海咲はこう付け加えた。

「ひょっとしたら、それぞれに事情があって戦っているのかもしれないけれど」

「…………」

俺の嫌な予感は的中した。

それすらもが——模倣《もほう》なのか。

あれは、第二次世界大戦中の戦闘機による戦いを、少女達の上に投映したものだ。ただ単に少女達に殺し合いをさせる、というだけなら、あそこまで執拗に零戦や〈コルセア〉、〈ヘルキャット〉の意匠《いしょう》を少女達の上に描き出す必要は無い。

俺が聴いた限り、金髪少女達の発していたエンジンの音はプラット・アンド・ホイットニーR-2800のそれそのものだし、恐らく澪や海咲の発していたのも、零戦に積まれていたという栄型《さかえがた》エンジンの音なのだろう。純然たる栄の駆動音《くどうおん》は高音質で聴いた事が無いので、俺には断言できないが。

いずれにせよ、フー・ファイターはあくまでも『第二次世界大戦』における戦闘機同士の『空戦』を、現代で再現する事にこだわっているようだ。

だが多くの場合——戦争において戦う兵士達は、特定の個人を憎んで殺し合いをしている訳ではない。戦争の規模が大きければ大きい程にその傾向は顕著《けんちょ》になる。

　状況が他の方法を許さないから戦うのだ。勿論、個人的に敵国人を憎んだり嫌ったりして銃を手にする者も中には居るだろうが、それとて漠然《ばくぜん》とした印象から来るもので、誰かを名指しで殺しに掛かる、なんて事例は殆ど無い筈だ。

『敵が攻めてくるのだ。だから戦うのだ』

『同胞《どうほう》が殺されたのだ。だから戦うのだ』

『殺されたくないのだ。だから戦うのだ』

『家族を守りたいのだ。だから戦うのだ』

　…………

　澪達の巻き込まれた戦いも、既にその様相を呈《てい》しているらしい。

　恐らく――この『戦争』の口火となった少女達はもう生きておらず、殆どの者は状況に対処するのが精一杯なのではないだろうか。相手は武器を持っている。相手はいつでもこちらを殺せる。ならば殺される前に殺せ。それが唯一の、絶対確実な生き残る手段だ――そんな風に考えて。あるいは、教えられて。

　場合によっては、フー・ファイターがそれぞれに個人的な事情を利用して、焚《た》き付けているのかもしれないが……

「何にしろ気をつけて」

　海咲の言葉に俺は思考に集中していた意識を引っ張り戻す。

「位相戦闘領域《ゾーン》は突然展開される。そうなれば否応《いやおう》なく殺し合い。私の仲間も何人もが犠牲になった」

「そのことなんだが」

　俺は鞄を開いて――取り出したものを先ず澪に渡した。

「将にぃ？　これ……なに？」

「デジタル無線機。前に学校の課題で作ったもんだ」

　もう一つ同じものを取り出して、俺は海咲の方にも示してみせる。

「かなり高出力に出来てる。普段の生活じゃ全然使い道が無いから、押し入れで埃《ほこり》被ってたけどな……これなら、空飛んでる澪とも通信が出来る」

「携帯電話じゃ駄目なん？」

「レシプロエンジンの傍じゃ多分、使い物にならない」

　俺は以前、何処かで読んだ専門書の記述を思い出しながら言った。

「エンジンプラグの出すノイズが酷《ひど》いらしい。まあ、それ以前に『あっちの世界』――位相戦闘領域《ゾーン》だっけ？　とにかくあそこじゃ基地局そのものが無いかもしれない」

　基地局同士が造り出すネットワークあってこその携帯電話である。基地局が無い場所なら、直ぐ横に並べていても繋がらないだろう。D2D《デバイス・トゥー・デバイス》だったか何だったか……災害時なんかに、基地局無しでも携帯電話同士が通話できるようにする技術を標準化するって話もあるみたいだが、今現在、それが載《の》っているのは最新型に限るだろうし。

　とにかく、インフラの無い携帯電話は、玩具のトランシーバーにも劣《おと》る。

「じゃあもう一台は将にぃが使うんやね」

「そのつもりだったんだがな――」

　入学式が終わった後、何処かで澪に使い方を教える予定だったのだが。

「……？」

　海咲が眉を顰めて、差し出された無線機を見つめる。

「君が持っていてくれ」

「私？　どうして？」

「どうしてって――そりゃ、連絡が取れた方が良いだろ。戦うにしても逃げるにしても。連携がとれれば、戦力は倍以上に跳ね上がる」

「――やめて」

海咲は首を振った。

「私は誰とも組むつもりはないから」

「さっき仲間って――組んでた事はあるんだろう？」

「もう組まない」

俺の言葉を斬り捨てるように、きっぱりと海咲は言った。

「でもこの間は……」

「単に私も死にたくなかったから。それだけ」

あれはあくまで例外だという事か。

「どうしても？」

「話はもう終わり。いつまでもこの部屋を使っているわけにもいかない。出ましょう」

海咲の態度は頑《かたく》なだった。

どんな事情が彼女にあるのかは分からないが、俺としては引き下がるほか無い。彼女の言う通り、生徒会準備室をいつまでも占領している訳にもいかないだろう。

「それじゃ」

部屋を出ると――海咲は扉に鍵をかけ、俺達の方を一瞥《いちべつ》した後、廊下を歩み去って行く。踵《きびす》を返すその仕草にも、躊躇や逡巡《しゅんじゅん》は全く見えなかった。偶然、同じ学校になったが、俺達となれ合うつもりは無いのだ、という事だろう。この分だと、澪が学校内で声を掛けても無視されかねない。

難儀な娘《こ》だ。

俺は――澪に気付かれない程度に、小さく溜息をついた。

⚙

——少し言い方がきつすぎたかもしれない。

海咲は二人を生徒会準備室の前に置き去りにして廊下を歩きながら——そう思った。彼等は別に海咲の敵ではない。むしろお互いに利があると……良かれと思って共闘を提案してきたのだろう。気持ちは分かる。よく分かる。以前の海咲もそうだった。

だが——今の海咲は、もう、誰とも組む気は無い。いや。組んではいけないのだ。

…………

丁度《ちょうど》、一年程前の事になる。

海咲には、あの非常識な世界で一緒に戦う親友がいた。

黒鳥弓美子《くろとりゆみこ》。日本海軍夜間戦闘機〈月光〉一一型のエッセンス・モデル。

彼女は海咲の同級生だったが、元々海咲と彼女は幼い頃からの友達でもあり、休日には一緒に遊ぶ事も多かった。あの運命の日——フー・ファイターに出会った日も、一緒に買い物をしに出掛けていたのだ。

そして海咲達はエッセンス・モデルの出力先として選ばれた。

否応なく、戦場に放り込まれる事になったのだ。

海咲は零戦として。弓美子は〈月光〉として。与えられた力には違いがあったが、二人は当然のように一緒に戦う事を選択した。

僚機《りょうき》がいるという事は、戦闘ではとても有利なことになる。

以心伝心《いしんでんしん》で意思疎通ができる間柄なら尚更だ。

また——弓美子の出力された〈月光〉は名前が象徴するように夜間戦闘機として開発されていて、海咲に出力された零戦とは機体特性が異なる。最高速度は同じ程度だが、運動性能は零戦に劣る一方——双発機《そうはつき》、つまりエンジンを二機載せた機体である為に、推力《すいりょく》に余裕があり、海咲には困難な二〇ミリ機銃の同時発射も可能だった。

特性の違う機体同士が、互いを補うという戦法が採れたのだ。

だから海咲達は勝てた。勝ち続けられた。勿論、余裕など無く、無我夢中ではあったが、問答無用で襲ってくる敵機を墜として——斃して生き残る事が出来たのだ。

怖かった。辛かった。

多分、一人では耐えられなかっただろう。

しかし海咲には弓美子が居たし、弓美子には海咲が居た。

一人ではどうにもならない事も、二人なら何とかなる場合が多い。訳が分からないこの状況下で、海咲達は互いに励《はげ》まし合って生き抜いた。

同じ寮に住んでいた二人は、必然的に一緒に居る時間が長くなり、周りからは同性愛を疑われる事もあったくらいだった。確かに長身で、かなり短めのボブカットにしていた弓美子は、男の子っぽい雰囲気もあって……そんな風に思われるのも無理ない、と二人で苦笑した事もあった。

そんな日々は、半年ばかり続いた。

そして——

それは、海咲達が戦う事に慣れを覚え始めていた時期だった。

いや。後々の出来事を思えば、慣れを覚えていたのは——戦う事を、殺し合いを、舐めていたのは海咲だけだったのかもしれない。

ある日——海咲達は位相戦闘領域《ゾーン》に取り込まれた。

いつも通りの戦いだ。何も難しい事は無い。

その時の海咲はそう思った。

だが、それは大きな間違いだったのである。

相手はゲーム機の中の敵キャラなどではない。生きた人間だ。与えられたアルゴリズムに従って一定の動作を繰り返すだけのプログラムと異なり、学習し、進歩し、能動的に戦法そのものを変えてくる。

その時まで海咲達はあくまで一機、ないし二機の敵と戦うばかりだった。敵が二機であったとしても、連携がとれていなければ一機毎《ごと》に撃破する限り、二対一に等しい。

二機編隊の優位性から、海咲達は勝ち続けられたのだ。

だがそれを理解し、学習し、敵は同じ戦法を取り入れてきた。

その日、位相戦闘領域に出現した敵は——六機を数えた。

ただし練度《れんど》は……というか戦闘経験はあまり積んでいないようで、海咲達は六機という相手の数に驚きながらも、即座に三機を撃墜。残り三機を相手に時間稼《かせ》ぎをする事になった。

一定時間が経過すれば『実験』は中断され、位相戦闘領域《ゾーン》も消える。海咲達は経験的にそれを知っていた。生き延びるだけなら、何も相手を全滅させる必要は無いのだ。二〇ミリ機銃の残弾数にも不安があった。

しかし——

…………

「海咲ッ‼」

「——⁉」

海咲は、弓美子の叫びを耳にして、初めて気付いた。

背後数十メートルの位置に〈ヘルキャット〉が二機——ついていた。運動性能で優《まさ》る零戦が背後をとられる筈が無い、その慢心《まんしん》が背後の警戒をおろそかにしていたのだ。

「しまった……!」

全身の血が沸騰《ふっとう》するかのような恐怖を海咲は味わった。

殺される。死ぬ。

その確信だけが、やけに大きくのしかかってきた。今まで殺してきた分、自分が殺される番が回ってきたのだ。分かり易くも冷酷《れいこく》な真理に、彼女は抗《あらが》う術《すべ》を持たなかった。

敵の銃弾が飛んでくる。

先ず、手に抱えていた二〇ミリ機銃が直撃を受けて、折れた。

次に、翼を焼けた弾道が触れる。必死に急旋回を試みるが、恐らく銃幕が追いつく方が遥かに早いだろう。それが分かった。

死の覚悟に海咲は瞑目《めいもく》する。

しかし——

「海咲! 逃——」

未だに、あの時の弓美子がどうやって追いついてきたのか——海咲には分からない。

〈月光〉の最高速度は零戦と同程度、しかも運動性能は大きくこちらに劣る。だから普通なら海咲と〈ヘルキャット〉の間に彼女が割り込むなど、不可能だった筈だ。

あるいはそれは、根性《こんじょう》のなせる技だったのか。陸上部に所属していて体育会系だった弓美子は、苦しい場面になると、敢《あ》えて笑いながら『根性!』と繰り返していたものだ。それが余計に彼女を男の子っぽく見せていたものだが。

「弓美子……!?」

皮肉《ひにく》にも、大柄な〈月光〉の機体は『盾《たて》』として最適だった。

敵機の放つ銃弾が弓美子の身体に食い込んでいくのを、海咲は急旋回しながら、ただ見ている事しか出来なかった。

血なのか。それとも油《オイル》なのか。

大量の液体を空中に撒き散らしながら、弓美子の身体が千切《ちぎ》れ飛んでいく。大柄で、しなやかで、頼もしくて、とても綺麗な、そんな彼女が――海咲の自慢の親友が、空中で、右に左にと跳ね飛ばされながら、灼《や》け崩れた肉塊に変わっていく。

そして――

「…………」

喪失感《そうしつかん》を抱えて呆然と飛び続ける海咲の背後で、三機の敵は旋回して飛び去った。

恐らく銃弾が切れたか、燃料の限界が来たか、だったのだろう。

円盤形態のフー・ファイターが現れ、位相《ゾーン》戦闘領域の消滅を告げてきたのは……その直後だった。

✿

入学式から一週間後の、土曜日。

俺達は、陸地から一〇〇〇キロばかり離れた海の上にいた。

勿論、優雅《ゆうが》に客船に乗り海外旅行――という訳ではない。早朝の未だ人目につきにくいうちに東京を発ち、澪に負ぶって貰って飛んできたのである。はっきり言ってもの凄くきつかったというか――風が冷たくて凍死《とうし》するかと思った。

この場所にわざわざやってきたのには、勿論、理由がある。

澪に色々な『練習』をさせる為だ。

本当は海咲に経験者として、先輩として、教えて貰うのが最善なのだろうが……ああもはっきり拒絶されてしまっては、仕方ない。あの後、澪からは何度か話し掛けたりもしたそうだが、悉《ことごと》く無視されてしまったらしい。

ならば、書籍《しょせき》やネットから得ただけの知識でしかないが――俺が、分かる範囲で澪に教え学ばせるしかない。

海咲が言っていたように、基本的な機体の操作方法は澪も理解している筈だが、『知っている』だけでは咄嗟に扱えない技術も多いだろう。最初の着陸の時に、着陸脚が出ているかどうか分からず、パニクったのがその証拠《しょうこ》だ。また――戦術やアクロバティックな『技』については、出来る出来ないよりも、『使うべき時に躊躇無く使えるかどうか』が重要だ。その意味で習熟訓練は有効な筈だった。

しかし、ここで一つ問題がある。

迂闊に飛ぶと、レーダーに引っかかってしまわないか？　……という点だ。

下手をすると所属不明機という事で、自衛隊が緊急発進《スクランブル》する羽目になりかねない。そうなれば、澪の姿は白日《はくじつ》の下にさらされる事となり――良くて見世物、最悪の場合、国家権力によって捕縛《ほばく》され、研究の名目で解剖《かいぼう》、もしくは解体されてしまう怖れがある。

何しろ性能的には数十年前のレシプロ機とはいえ、小柄な少女の肉体に、時速五百キロで空を飛ぶ為の翼とエンジン、更に機銃のような武装まで組み込んでしまう技術だ。世界の軍事バランスを一変させかねない。人権なんぞそっちのけで手に入れようとする人間は必ず出てくるだろう。

ともあれ……

日本の各地には、民間もしくは防衛用の各種対空レーダーが沢山ある。

だが、しばしば誤解されるのだが、レーダーというのは『どこまでも見通せる魔法の機械』――ではない。勿論『見える』範囲にも限界はあるし、実は、『死角』とも言うべきものがあるのだ。

そもそも、地球は丸い。

なので、その表面の七割を覆うという海などは、どこまでも平らなように見えて――実は微妙に山なりの曲面を描いているのだ。当然ながらレーダーの電波は、分厚い海水の層を貫いてその向こう側に届く事は無い。

つまり、レーダーとアンテナの標高、そして目標物の高度さえ分かっていれば、レーダーから見えなくなる位置――範囲を計算で割り出す事が出来る。これは要するに水平線までの距離を計算するのと同じだから、そんなに難しい作業でもなかった。

つまり、このどちらを向いても水平線しか見えない洋上は、澪の秘密の特訓場という事になる。

「さて――次だ」

俺は一緒に運んできた大型のゴムボートに乗って、無線越しに指示を出す。

「水平に8の字を描いてみろ。何度も続けてな。両方の円が同じ大きさになるように、気をつけろよ」

『え？　八の字に丸の部分とかあらへんよ？』

「誰が漢字の八を描けって言ってるんだよ。アラビア数字だ、アラビア数字」

他の相手なら冗談《じょうだん》として乗っかってやる事

も出来るが……澪のボケは、二回に一回は大真面目《まじめ》なので、とても面倒臭い。そして今は、聴衆も居ないはとこ漫才をやっている場合でもなかった。

『りょ、了解！』

俺からの指示を受けて、澪が水平に右旋回を開始する。

本当は航跡がよく見えるよう、白いスモークでも吐くような装備を背負わせて飛ばせたいのだが……残念ながら時間的にも予算的にも用意出来なかった。

右旋回を終えて、左旋回に入る澪。

彼女に焼き込まれたエッセンス・モデルは、零式艦上戦闘機五二型だ。零戦はプロペラの回転方向の関係で、左旋回の方が楽に出来る。案の定、澪の書いた８の字は左旋回で描いた円の方が小さくなった。

『将にぃ——どう？』

澪からの無線が入る。

さあ……どう教えたものか。

「おまえ、右旋回の方がやりにくかっただろ？」

『えっ？　何で分かるん⁉』

素直に驚く声が、無線越しに伝わってくる。

こういうところは、本当に可愛い奴なのだ。

「左旋回がしやすいのは右回りのプロペラ使ってる機体の癖みたいなもんだからな。下から見てても円の大きさが違うからすぐ分かった」

『そ、そうなんや……？　でも、じゃあどうしたらええの？』

「旋回してるときにGがかかってるだろ？」

『爺……？』

「どっかの妖怪みたいな言い方すんな。漢字じゃなくてアルファベットだよ。ＡＢＣＤＥＦＧ

のG。加速度の単位だよ」

『うっ……?』

典型的な文系脳の澪は、怯《ひる》んだような声を漏らす。俺は溜息をついて、別の噛み砕いた言い方を探した。

「身体がぐいぐい押される感じがしないか?」

『あ、うん、するね』

「それが左右で同じになるように旋回してみろ。速度が同じなら、それで円の半径は同じになるから」

『わかった。もう一回やってみる』

澪が、再び空に8の字を描きはじめる。

まずは右旋回。綺麗な円を描いて右に廻る。続いて左旋回。さっきより僅かに旋回半径を大きくし、右旋回の時とほぼ同じ大きさの円になる。

『将にぃ、今みたいな感じでどう?』

「いいぞ。そんじゃ、今度は宙返りに挑戦してみるか」

『宙返り⁉』

怯むかと思ったら……むしろ、はしゃぐような明るい声が聞こえてきた。

まあ、飛ぶ事そのものは好きなのだろう。あれだけ憧れていた飛行機と、今の澪は一体化している。俺はあの戦場の凄惨《せいさん》さばかりに気をとられていたが、澪にしてみれば、案外、夢が一つ叶《かな》った――くらいの認識なのかもしれない。

だとすれば、あまり深刻な雰囲気になっていないのも頷ける。

勿論、ふさぎ込まれるとそっちの方が面倒なので、これは良い事――だと考えよう。

「普通にやると卵形の楕円《だえん》になるから、これも円になるべく近くなるように速度や舵《かじ》の使い方に気をつけて」

『分かった…………いくで?』

洋上の——遮《さえぎ》るものもない強烈《きょうれつ》な太陽の光が、澪の翼を煌めかせる。

零戦の能力を与えられた少女は、先ず水平にまっすぐ飛んだ後……ぐいと上昇に移り、綺麗な垂直《すいちょく》の円を空に描いて見せた。

✿

新学期が始まって——一ヶ月弱。

大型連休を目前にして、新入生達も概ね学校に慣れてきた。

どちらかといえば引っ込み思案なところのある澪も、来る者拒まずの姿勢でいると、気さくに接してくれる同級生も何人か出来た。更に親しいような——例えば昼食を一緒に食べるような友達は大体三人くらい。女子高生としては順当な交友関係であろう。

その日も——澪は友達三人と学食で昼食を摂《と》っていた。

「追浜さん、少し日焼けしてない?」

「え? あ……そう、かな?」

戸惑いながらそう答える澪。

彼女のそんな様子を、どう受け止めたのか——友達は揃って身を乗り出し、興味深そうに澪の顔を覗き込んでくる。

「休日って、いつも寮に居ないよね」

「どこ行ってるの?」

「彼氏でもできた?」

「えっ……あ!」

澪は思わず右手のフォークを落っことしてしまう。

胸と背中にむずむずする感触を覚えるのは、出てしまいそうになった翼や機銃を意識して抑え込んだ為である。そっちに集中するあまり、右手の指から力が抜けてしまったのだ。

「なんだかいい反応」

「これは決まりですねぇ」

しかし友人達は少し誤解しているようで、顔を見合わせて面白そうに笑った。

「そっか。もうすぐゴールデンウイークだもんねえ」

「彼氏とかいた方が、絶対に楽しいもんね」

「私も頑張ろうかなあ。でも女子校じゃ出会いがね」

「ち、違……」

澪は慌てて言った。

勿論、澪が『休日に寮に居ない』のは、将一郎と一緒に一〇〇〇キロ彼方の海の上に出掛けているからだ。

いかに飛行機の能力を持つ澪とはいえ、『特訓場』までの一〇〇〇キロを一瞬で移動する訳にはいかない。レーダーに捉《つか》まりにくいように海面すれすれの低空飛行を続けていれば尚更である。行き帰りの時間だけでも休憩《きゅうけい》を含めて五時間はかかるので、それなりに訓練時間をとろうとすると、丸一日出掛ける事になってしまう。

ともあれ――休日に、澪が将一郎と二人っきりというのは事実な訳で。

「将にぃは……！　その……別にそんなんと……違う」

「あ。自爆した」

「ふぅん、その人、『ショウ』っていうんだ。ショウタロウとかショウゴとか？」

「『にぃ』って事は年上か。やるなぁ、澪ちゃん」

「でも普通年上ってだけじゃ『お兄ちゃん』とか呼ばないよね」

「親戚とか幼馴染《おさななじ》みとか？」

「ああ、ひょっとして入学式に来てた人？」

「父兄に一人だけ若い人混じってるから目立ってたよねえ」

「——ひぃん？」

短い失言から次々と情報分析を始める友人に、悲鳴じみた声を上げる澪。

だが、さすがにあまり追い詰めてはまずいと思ったのか……友人達はそれから程なくして、別の話題に移っていった。

「そういやさ、最近この学校に下着泥《どろ》が出るらしいね」

「下着泥？」

「厳密に言うと、下着に限らず制服から体操服まで、何でもアリの変態みたい」

「うっわぁ。気をつけよう」

「でもそういう変態って、大抵着古した体操服とかに興味あるんじゃないの？」

「じゃあ一年生の私達には関係ないかな？」

「甘い！　女子高生が一回でも着た制服には、すでに価値があるのだよ！」

「下着泥の正体って、あんたじゃないの？」

……等々。

怯えるというより、面白がって盛り上がる友達三人。

澪は自分の男性関係から話が逸れた事に安堵しながら、ふと視線を巡らせ——学食の入り口で、見知った顔を見つけた。

二年の霞ヶ浦海咲。

澪の——二重の、いや、三重の意味で先輩である。零戦二一型と五二型を、先輩後輩《こうはい》の関係と呼んで良いのなら、だが。

「——追浜さん？」

友達の一人が澪の視線を追って首を傾げる。

「あれ、霞ヶ浦先輩じゃん」

「ホントだ。これからご飯かな？」

「追浜さん、霞ヶ浦先輩知ってるの？」

じっと海咲の事を見ていた為に、何かを察したのだろう、友達の一人が不思議そうにそう訊ねてくる。

「え？　あ、うん、ちょっと、ちょっとね？」

「まあ一部で有名だしねぇ」

慌てる澪に、友達の一人が言った。

「一部で有名？」

「知らない？　別名『百合ヶ浦《ゆりがうら》』とか言われてたみたいよ」

「ユリ⁉　え、なに、そっち系なの⁉」

「確かに格好いいけど」

「部活の先輩に聞いたんだけどね。一年の頃に……なんか同級生と怪しいとか言われてたみたい。いつも一緒で、休日は二人だけで出掛けたり。元々この学校に入る前からの知り合いだったみたいだけど」

「…………」

澪は眼を瞬かせながら、友達の話に聞き入った。

「でも、なんだか去年の秋頃にその相手の生徒が突然、行方不明になっちゃって。陸上部のエースだったらしいんだけどね。それからはもう人が変わったみたいっていうか、霞ヶ浦先輩、長かった髪の毛ばっさり切って、暗くなっちゃって。それ以前は明るくてよくしゃべる人だったんだけどね。だからこれは——ああ、失恋なんだ、って皆が」

「…………」

澪は気付いた。

その行方不明になった陸上部の生徒が、本当に海咲と『そういう関係』だったかどうかは分からないが……恐らく、海咲や澪と同じくエッセンス・モデルに選ばれたのだ。休日に二人して居なくなるのも、今の澪と同じように、二人で生き残る為の訓練をしていたのではないだろうか。

そして――その陸上部の生徒は、死んだ。

エッセンス・モデルとしてあの位相戦闘領域《ゾーン》で撃墜されたのだ。多分、まともな死体すら残らないような形で。だから世間的には失踪《しっそう》事件として処理されているのだ。

「昔は本当、面倒見の良い人だったみたいだけど、今はなんていうか、壁作って――冷たい感じがするって、うちの先輩が」

そんな海咲の評判に――しかし澪は、咄嗟に異を唱えていた。

「そんな事無いよ？」

確かに、その態度は冷たく見える。

笑顔など見た事が無いし、突き放すような物言いも多い。自分の傍に意識的に人を近づけないようにしているとしか思えない。それを端的に『冷たい』という言葉で表現する者も居るだろう。

だが、冷酷、冷血、冷淡――海咲がそんな人間だとは、澪には思えなかった。

もしそんな人間なのだったとしたら、あの時、空から墜ちてきた澪と将一郎を助けるような事は無かった筈だ。自分も敵に追い回されて、生死の境界線上を綱渡《つなわた》りしているような状況で、ついでに人を助ける、などという真似《まね》が出来るとは思えない。

「いい人やよ。すごく……」

呟くようにそう言う澪。

それから数秒して、友人達が無言で自分に視線を集中させている事に、気付いた。

「え？　な、何？」

「澪ちゃん――」

友人の一人が眉を顰めながら言った。

「実はソッチ系だったの？」

「え？　ソッチ系て――」

「彼氏がいっつ、先輩にもラブ？」

「ち、違、そんなんちゃうよ、ちゃうから⁉」

慌てて否定する澪。

「学校が始まる前に、偶然、街中で逢《お》うてん。その時に、ちょっと、その、親切にして貰ったから……」

実際には将一郎共々命を救われたのだが、さすがにそう言える筈も無く。

「そうなんだ」

あっさり納得して、友達はまた別の話題を追い始める。

しかし……

「………」

澪はもう一度、盗み見るようにして海咲の方に視線を向ける。

海咲の表情はいつものままだ。元々綺麗な顔立ちなので無表情でも映《は》えるが、同時により冷たくも見える。だが彼女の抱えている事情を知っている澪には、その人形めいた横顔は、何処か寂《さび》しげにも見えた。

「………」

澪は、足元に置いた小さな鞄を意識する。

いつも――学食に行く際にも、体育の授業で着替える際にも、出来るだけ肌身離さず持っているその鞄。

そこには……将一郎から渡されたデジタル無線機が入っていた。

✿

専門学校が終わった後――俺は澪の通う女子校へと向かった。

肩から提《さ》げている鞄の中には、俺が作ったもの以外にもう一台、デジタル無線機が入っている。同じように課題で作ったのはいいが、やっぱり使い道が無くて置物と化していた友人のものを譲り受けてきたのだ。当然ながら、使われている部品は同じ、基本的に澪に渡したものと同じ仕様である。

俺はもう一度、あの霞ヶ浦海咲という少女に協力を頼むつもりだった。

色々と聞きたい事があるのも理由の一つだが……何よりも大きな理由は、やはりどう考えても俺一人で澪を訓練するのには、限界があったからだ。進歩が無い訳ではないが、いつまた『敵機』に襲われるかもしれないと考えると、技術向上は早いに越した事は無い。一緒に飛んでくれる仲間が居れば、彼女の飛行技術はもっと早く進歩する筈だった。

とはいえ……

「うーん……」

校内を歩きながら、俺は微妙な居心地の悪さを感じていた。

女子高というのは基本的に男が立ち入ってはいけない場所である。俺は一応、澪の父兄という立場があるので、受付で身分証を見せれば入れては貰えたのだが――時折、すれ違う生徒や教師が、まず最初に、異物を見る眼でこっちを見てくるのが非常に辛い。来客用のプレートを胸に付けているのに気付いて、ようやく納得の表情を浮かべてくれるのだ。

ちなみに服装は入学式の時と同じ黒のスーツである。女子校に脚を踏み入れる上で、『説得力』のある衣装を他に持っていなかったからだ。

「澪の教室は何処だっけ。それと――」

霞ヶ浦海咲は一学年上だったと記憶しているが、そういえばクラスまでは聞いていなかった。いっそ職員室に行って『霞ヶ浦海咲のクラスは何処か？』と訊ねた方が良いのだろうか。いや、親戚でもないお前が、何で霞ヶ浦海咲に逢いたがるのだ、と問われると答えに困る事になってしまう。

そんな事を考えていると――

「――ん？」

廊下の奥から、一人の男が猛烈な速度で走ってくるのが見えた。

黒いジャージ姿で、昨今、インフルエンザが流行《はや》っているからか、マスクもしている。

男は、速度を緩める事も無く、俺の方に向かってきた。正面衝突も辞さない、といった勢いの男を前に、俺が慌てて脇に避《よ》ける。だが間に合わず、俺は男の肩に突き飛ばされるような形でその場に尻餅をついた。

「痛……なんだありゃ。危ねぇな」

立ち上がってズボンに付いた埃をはたいて落とす。黒い服というのは意外に汚れが目立つので、着こなす際には小まめに綺麗にするのを心掛ける事――なんて話をつい最近何処かで読んだからだ。

すると――

「待てえええええええぇっ‼」

廊下の奥から更に――今度は生徒と教師の混成集団が猛然と突進してくるのが見えた。

全員、眼が血走っていて、その表情は怒りに滾《たぎ》っている。暴徒、という言葉が俺の脳裏を過った。迂闊に前を遮ったら殺されそうだった。

一体、何なんだ。

よく分からないが、巻き添えになったらたまらない。脇に退《ど》こうとして――しかし俺は、先頭を走る数人が、こちらを指差して叫ぶのを聞いた。

「居たわ――そこを動くなッ！」

「絶対に逃がしちゃ駄目よ！」

「下着泥、許すまじ‼」

…………

ちょっと待て。

下着泥って、まさか俺の事か⁉

「あ、いや、俺は――」

と胸元の来客用プレートを示そうとして、それが無くなっている事に気付く。

クリップで胸元に留めるだけのそれは、どうやら先程の男とぶつかった時に吹っ飛んでしまったらしかった。

まずい。冤罪《えんざい》で法廷に立たされる自分を連想して俺は総毛《そうけ》立《だ》った。

殺される――肉体的にも社会的にも。多分、完膚《かんぷ》なきまでに。そう確信出来る程、殺到してくるその集団は殺気立っていた。

「吊るせッ！　逆さ吊りよ！」

「その前に身ぐるみ剝《は》いでやるわ！」

「あの勝負下着、高かったんだから！」

…………等々。

うん。駄目だな、これは。

とりあえず俺は回れ右をすると、悲鳴を上げて逃げる事にする。

怒りに我を忘れた人間達を相手に、言葉で説得――などという無謀な真似を試みる勇気は、俺には無かった。

下校の準備をしていた澪は、ふと手を止めて眼を瞬かせた。

何やら怒鳴《どな》り声が――それも複数の声が届いたからである。

「……何？」

声の聞こえてくる方を向いて……窓の外を眺める。

澪の居る二階から敷地《しきち》内のある一郭を見下ろすと――そこには、学校の敷地内を走る一人の男性と、それからこれを追う十数人の生徒や教師の姿があった。生徒や教師の中にはモップや竹刀《しない》といった『武器』を携えている者もいる。

理由は分からないが、追われている男性が捕まれば、どうなるのか……容易《たやす》く想像が出来る光景だった。

だがそれ自体は本来、澪には関係の無い話である。

先頭を走っている男性の顔に見覚えが無ければ、ただぼんやりと、その成り行きを眺めるだけだったかもしれない。

「将にぃ⁉」

いつものラフな格好と違って、冠婚葬祭に着るような――澪の入学式にも着ていた黒いスーツを着ているので、少し見た目の印象が異なるが、あれは将一郎だ。澪が将一郎の顔を見間違える筈が無い。

将一郎が、生徒や教師の集団に大挙して追い回されているのである。

「なんで⁉」

原因は分からないが、放ってはおけない。

澪は鞄を机の上に放り出したまま、廊下に飛び出して階段を駆け下りた。

一旦は校舎の外に逃げたものの――俺は再び校舎の中に飛び込んでいた。

騒ぎを聞きつけたのか、校門には何人かの生徒が先回りしているのが見えたからだ。

まずい。地の利は当たり前だが、向こうにある。こっちは闇雲に逃げ回るばかりで、状況を打開する策がそもそも無かった。

額から流れ落ちてきた汗が、眼に入って痛い。だが拭《ぬぐ》っている余裕は無かったし、走るのを止める訳にもいかない。

何処かに隠れて、やり過ごすのが最善か。

そう考えながら、階段の踊り場から右へ曲がる。遠心力で身体が外側に引っ張られるような感覚を、自前の足で走って感じる事になるとは思ってもみなかった。スーツはともかく靴はラバーソウルのものを履いてきて良かった。底の硬い革靴でこんな無茶な走り方をしたら、滑って転んでいただろう。

改めて床を蹴《け》って加速――と考えたその瞬間。

「――⁉」

俺は誰かに襟首を引っ張られ、廊下に沿って並ぶ教室の一つへと引きずり込まれていた。

「うわっ……と……と？」

引っ張り込まれた教室の中は、薄暗かった。照明は消されていて――生徒の姿が無いのは、元々余っている教室なのか、それとも何か特定科目用の実習室の類だからか。

俺はたたらを踏むようにして倒れるのを防ぎ、俺を引っ張った相手を見る。

それは――

「何やってるの。あなたは」

霞ヶ浦海咲だった。

直後……

「何処いった⁉」

「未だ遠くには行っていない筈‼」

そんな声が、廊下を走り抜けていく。

俺と海咲は、廊下側の窓から見えないように、揃って教室の壁に貼り付いた。

「訳が分からないんだが——なんだか下着泥？か何かと間違えられてるみたいでさ」

「教師でもないのに、若い男が女子校に入り込むからでしょう」

まるで壁画にでもなったかのように、ぴったり壁に背中を付けながら、俺達は声を殺して囁き合った。

「入り込むとか人聞きの悪い。ちゃんと申請書《しんせいしょ》書いて来客用のプレート貰ったよ」

「ついてないように見えるけれど」

眼を細めて海咲が言う。

「ああ、それがさっき人にぶつかって、吹っ飛んじゃったみたいで……いやそんな事よりも、丁度良かった。君を探してたんだ」

「……私を？」

余程意外だったのか——いつもは喜怒哀楽《きどあいらく》を欠いたその顔に、不思議そうな表情を浮かべる海咲。こうしているとこの少女も綺麗、というより歳相応に可愛く見えるのだが、まあ、それはさておき。

「今日はこれを君に渡しに来た」

そう言って俺は壁から背を離し、抱えて居た鞄からデジタル無線機を取り出す。

「要らない。前に言ったと思うけれど」

それこそ以前と全く同じ口調で、そう言ってくる海咲。

だが俺は諦めなかった。

「いや、あの時は二台しかなかったからな。君の言葉に甘えて渡さなかったけど――今日はもう一台、課題で作った友人から借りてきた。これで三台だ。いつでも連絡が取れる」

「あなた……」

海咲は横目で俺を睨みながら言った。

「人の話を聞かないって、通知表によく書かれたりしなかった？」

「持っていてくれるだけでいい」

俺は御言葉《おことば》に甘えて――というか何というか――海咲の嫌みは聞こえない振りをした。

「少なくとも持っていて、君のデメリットにはならないだろ」

「重いし大きいし不格好。感性《センス》を疑われる」

海咲はそう評した。

「別にキーホルダーと一緒に鞄に付けろとか言わないから。鞄の中に突っ込んでおいてくれればいいんだよ」

俺はそう言って、デジタル無線機を海咲の前に差し出す。

胡散臭《うさんくさ》いものを見るような眼で、それを眺める海咲。

そして……

「何処⁉　何処に行った⁉」

「生まれてきた事を後悔させてやる！」

戻ってきた暴徒の声を聞き、俺と海咲は再び揃って教室の壁に貼り付いた。

将一郎の姿を探して、澪は敷地内を駆け回った。

だが闇雲に走っても見つかる筈が無い。今のところ無駄に二度ばかり転んで腕に出来た痣《あざ》だけが、その成果であった。

「将にぃ——」

澪は……将一郎が再び校舎の中に飛び込んで逃げているのを、知らなかった。

だから彼女は未だ将一郎が校舎の外を走り回っているのだと思い込んで、外ばかり探しているのである。見つからないのは当然だった。

「中庭かな……」

ひょっとしたら、何処かに隠れているのかもしれない。

そう思って澪は中庭にやってきた。比較的此処は身を隠せそうな物陰が多い。いくら将一郎が健康な十代男子でも、延々十分も二十分も全力疾走《しっそう》は出来ないだろう。ならば隠れて追手をやり過ごそうと考えるのは当然だ。

「将にぃ——？」

澪は中庭にあるベンチや植え込みの陰を、身を屈《かが》めて覗き込んでいく。

だが将一郎は見つからない。

「んー……」

澪は躊躇無く四つん這いになると、植え込みの陰も調べ始めた。他人が見れば女子高生が何をしているのかと呆れるだろうが——澪としては別に違和感が無いというか、昔将一郎や田舎の友達とよくやった、隠れんぼの、延長のような感覚である。

そんな澪の視界の端に……ふと、黒い何かの塊が見えた。

「将にぃ……？」

将一郎が黒いスーツを着ていたのを思いだして、近付いていく澪。

彼女が手を伸ばせば触れられるような距離に近付いた——その時。

「……?」

「……?」

その黒い塊が動いて、そこからにゅっと顔が生えた。

将一郎——のものではなく、無精《ぶしょう》髭を生やした中年男の顔が。

「…………」

「…………」

互いの存在に眼を丸くして、凍り付く澪と中年男。

二人はしばらく距離五十センチで見つめ合った後——

「うわああああああああああああ⁉」

「ひゃあああああああああああああ⁉」

どちらからともなく悲鳴を上げていた。

植え込みを吹っ飛ばすような勢いで揃って立ち上がる二人。

いや。実際に植え込みの一部が大きく抉れて吹っ飛んでいた。

澪が思わずエッセンス・モデルの姿になっていたからである。しかも驚いていたせいか、服の分解と変換が中途半端で、澪は——下着姿をもろに相手に晒す事になった。

「お……おお……」

呆然と半裸の澪に見とれる中年男。

だが澪はそれを喜ぶ筈も無く——

「見んといて‼」

半泣きの状態で身を翻し、この場から逃れようと——地面を蹴る。その際に翼と一緒に出してしまっていた二〇ミリ機銃が、男のジャージの襟元に引っかかった。

「おわっ⁉」

同時に、逃げようとする澪の意識に反応して——翼下面の着陸脚が展開し、青白く光る車輪が高速回転。鼓動の高まりは、そのまま胸元の光るプロペラと連動し、中庭を走り始めた澪は……たまたま中庭に吹き込んできた風に煽《あお》られて、ふわりと空中に浮かび上がった。

機銃の先に中年男を引っかけたまま。

「ひいっ⁉」

瞬く間に高度は十メートルを超え、二十メートルを超え、澪と中年男は中庭を——いや女子校そのものを眼下に見下ろす事になった。

「な、何なんだおまえは⁉　は、放せ——いや待て、頼む、放すな、放すなよ絶対⁉」

暴れる中年男の手には、大きめのボストンバッグが提げられている。

これがファスナーを何処かに引っかけて壊れてしまったらしく——大きくその口を開いてしまっていた。当然、中年男が暴れる度にボストンバッグも揺れて、中身が空中にばら撒かれていく。

それは女性ものの下着であったり、学校指定の体操服とスパッツであったり、靴下であったり、制服であったり……

「……って」

慌てて高度を下げながらも、澪は愕然と機銃の銃身に引っかかっている中年男を見る。

確か、昼食時に友達から噂を聞いた覚えがある。

即《すなわ》ち——

「この人が下着泥⁉」

機銃の銃身から滑り落ちそうになった中年男を——澪は、慌てて摑んで止めた。

　

俺が海咲と一緒に校舎を出ると——すぐに見

つかった。

「やっと見つけたわよ！」

「この下着泥！　女の敵！」

前後左右から、沢山の生徒や教師が駆け寄ってくる。

彼等の視線が殺気に満ちているのは、相変わらずだった。恐らく問題の下着泥……初犯ではないというか、何度もこの女子校に潜入していたのだろう。要するに味をしめたのだ。だからこそ学校側も度重なる犯行に、怒りを滾らせてきたという事らしい。

「どうしてやろうか」

「とりあえず裸にひん剝きましょう！」

「それから校内引き回して」

「大事な処に釘《くぎ》を打つっていうのは？」

…………

などと好き勝手を言う生徒と教師の群れ。というか、澪……本当にこの学校で大丈夫か？

そんな不安を俺が抱いていると——

「——なんだ？」

ふわりと落ちてきた一枚の布が俺の頭に被さった。

「これは……」

「それ、それ私のスパッツ‼」

生徒の一人が悲鳴じみた声でそう訴えてきた。

俺は慌てて頭からその布を払いのけるが、俺を取り囲む生徒と教師は、俺を犯人と決めつけて益々《ますます》激昂しているようだった。

「やっぱりアンタが！」

やっぱりって……さっきから俺の事を下着泥と決めつけて追いかけ回した上、基本的人権完全無視な処遇を提案してなかったか、君等？

俺は、改めて釈明《しゃくめい》しようと口を開き——

「あなた達が追ってる下着泥って」

海咲が、熱の無い口調で頭上を指して言った。

「あれではないの？」

彼女が示したのは、校舎中央に設けられた時計塔だった。

校内で最も高い場所であろうそこに――塔の先端部分に襟首を引っかけられて、吊り下げられている男が一人。黒いジャージの上下を着て、片手にはボストンバッグを提げ、『助けてくれ！』と喚いていた。

しかも――

「ああっ！　体操服！」

「ちょっと待って、制服があんな所に――」

口が開いたままのボストンバッグからは、男が暴れる度に、はらりはらりと、女生徒達の服がこぼれ落ちてくる。恐らくは盗まれたものだろう。少なくとも男はサンプル持参の制服業者には見えなかった。

「それじゃあ……」

「この人は無実？」

生徒と教師は、ようやく俺の潔白《けっぱく》を理解してくれたらしい。

俺は小声で海咲に『ありがとう』と告げると、長々と溜息をついた。

しかし――

「豊崎さん。あれ――」

海咲が時計塔の方を見ながら言った。

「分かってる。君じゃなければ、澪しかいないだろ……」

俺は、その場にしゃがんで頭を抱えたい気分だった。

あんな場所に下着ドロを連れていって、逃げられないように時計塔の先端部分に引っかける――そんな芸当、大の大人でも難しいだろう。海咲がした訳ではないのならば、後は澪しか居ない。この二人の他に、この学校にニッセンス・モデルが居れば別だが。

「普段は見た目通りの大人しい奴なんだが……」

たまに澪は、ああいう思い切った行動に出る。

「どうにもほっとけないんだよな……」

「…………」

呟くように言う俺を、海咲がやはり静かな眼差しで見つめているのが、少し気になった。

✿

俺に掛けられていた下着泥棒の疑惑は、すぐに晴れた。

真犯人が証拠付きで吊るされていれば、当然の話である。男性教師や警備員達によって時計塔から無事に下ろされた中年男は、そのまま警察に引き渡された。何やら『空飛ぶ女が』『でっかい羽根が生えて』などと口走っていたが、下着泥棒の言葉にまともに取り合う者は居そうになかった。

その後、警察による、証拠保全も兼ねた簡単な現場検証もあるからという事で……学校は部活その他で残っていた生徒達全員に対して、下校を命じた。

そういう訳で――

「疲れた……」

澪と――それから海咲と一緒に、俺は寮までの短い通学路を歩いていた。

「正直、何度か『終わった』と思ったよ」

「私もびっくりしたよ」

と澪が言う。

「将にぃは皆に追い回されてるし、中庭じゃ変態さんに会うし……」

「まあそのお陰で、俺は助かったけどな」

　あのまま下着泥棒に逃げられていたら、俺は間違いなく、身代わりに不名誉な罪を被せられ、警察に連行されていた事だろう。いや。その前に激昂した生徒や教師の手で半殺しにされていたかもしれないが。

「澪のお陰だ。ありがとうな」

「えへへ」

　澪は少し得意げに笑った。

　本当はもう少しエッセンス・モデルを隠す努力をしろ、くらいの事は言っておくべきなのだろうが、その種の小言は明日にしておこう。本当に彼女のお陰で俺は助かったのだし。

「そういえば……」

　俺は、黙然と隣を歩いている海咲の方を見て言った。

「なんだかんだで、君にも未だお礼言ってなかったよな」

「……お礼？」

　海咲が眉を顰める。

「私に？　下着泥棒の件なら――」

「そうじゃなくて。もっと前の事」

「……？」

　益々分からない、といった様子で海咲が首を傾げる。

　恩に着せるつもりが無いのは立派な事だと思うが、こうまで綺麗さっぱり忘れ去られていると、感謝する事自体が間違っているような気がしてきて、妙な気分である。

「最初に助けてくれたときのことだよ」

「私は、あなたの指示通りに機関砲を撃っただけ」

　海咲はやはり淡々とした口調で言った。

「私も危険な状況だったし」

「うん。だから、その前っていうか――それだよ」

「なぞなぞはあまり好きではないの」

面倒臭そうに海咲が言った。

この少女――実はかなり天然なんじゃないだろうか。そんな事を思いつつも、俺は苦笑を浮かべて更に、単刀直入《たんとうちょくにゅう》に説明を加えた。

「最初に俺と澪を庇ってくれた時の話だよ」

「…………」

「あの時、真っ逆さまに落っこちている俺と澪を拾い上げてくれなければ、俺達はこの世に居なかったかもしれない。本当に助かった」

「あれは……」

海咲は口ごもる。

ひょっとして、照れていたりするのだろうか。

「あなた達が眼の前に落ちてきた……から……咄嗟に」

「別に無視する事だって出来た筈だよな」

「…………」

今度こそ完全に口をつぐむ海咲。

「なんだかんだ言っても君は――優しいんだなってさ」

「やめて」

何気ない俺の言葉に……海咲は弾かれたように反応していた。

「分かった風な事を。私の人間性を、そんな陳《ちん》腐《ぷ》な言葉で理解した気になられても困る」

そう言うと、海咲は歩調を早めた。

ひょっとして逆鱗《げきりん》に触れて、海咲を怒らせてしまったのだろうか。

そのまま彼女は俺達を引き離して去って行く。

一瞬、追い掛けようとも思ったが――その後ろ姿が俺達を拒絶しているようにも見えて、俺は躊躇してしまった。

「冷たいような優しいような……よく分からない子だな」

やはり、女の子の扱いは難しい。

澪が俺にとって分かり易いのは、単に付き合いが長いからか、それとも澪が特に単純だからなのか。いずれにせよ霞ヶ浦海咲という少女を澪と同じように扱っても駄目だという事は、何となく分かった。

「でも今日友達に聞いたら……」

俺の呟きが聞こえていたのか、澪がおずおずといった口調で言う。

「前はもっと明るかったって……」

「何かあったのか？」

「多分……想像やけど」

若干の躊躇を示しながらも——澪は、友達から聞いたその『噂話』と、自分の想像を俺に話し始めた。


訓練は、ただ一つの事を延々とやっていれば良いというものではない。

特に澪は——澪の身体の上に出力されたのは『戦闘機』なのだ。

ただ飛べれば良いというものではない。それが狩りの為のものであれ、身を守る為のものであれ、獣は爪《つめ》と牙《きば》も使えて一人前である。武装を扱えない戦闘機など、武器を積んで重い分、敵から見れば偵察機以上の容易い獲物だろう。

「よし——」

場所は夜の河原《かわら》。

俺達の頭上には鋼鉄の巨大な橋脚が張り出している。鉄橋だ。

鉄橋の上には線路が通っていて、定期的に列車が轟音をたてて走り過ぎていく。

夜の河原、しかも騒音と振動をもろに喰らう鉄橋の真下となると、さすがに人の姿は無い。灯《あか》りにも乏《とぼ》しく、ジョギング等に来る人も居ないのは確認済みだ。だがそれが俺達にとっては好都合だった。

零戦五二型の――澪の持つ九九式二号機銃は、威力が大きく、命中精度も高いという。

だがこれは零戦二一型の一号機銃と比べての事だとかで――下品な言い方だが、一号機銃の弾道は搭乗員たちの間で『ションベン弾』と言われる程に山なりだったそうだ――素人《しろうと》が適当に撃って当たる、というものでもないだろう。

なので澪にも、射撃訓練を施《ほどこ》さねばならない。

本当は飛びながらが良いのだろうが、それは後回しだ。先ずは機銃を撃つという行為自体に慣れさせなければ、お話にならない。

ちなみに、機銃の二〇ミリ弾は一回の『変身』で一挺につき百発ずつ、総計二百発用意されているようだった。どういう理屈なのかはさっぱり分からないが、『変身』の瞬間にかつての零戦五二型の携行弾数と同数が生成されるらしい。

「そろそろかな」

俺はスマートフォンの時刻表を確認しつつ、言った。

「澪――もうすぐ次の電車が通過する」

鉄橋の下から三〇〇メートルほど下流に行ったところに、縦横一メートルほどのベニヤ板を加工した的を設置してある。ベニヤ板の枠《わく》に段ボールを貼り付けた物で、弾丸を受けても段ボールの的を交換すれば繰り返し使える代物だ。

しっかり作ったつもりだったが、着弾の衝撃で的そのものがばらばらにならないかだけが心配だった。

「それに合わせて、十発だけ撃ってみろ。大きい方」

　俺は澪と的の中間で、射線《しゃせん》に入らない土手《どて》の上に陣取りつつ――無線を通して澪に言った。

『りょ、了解……！』

　澪の返事から待つ事――十秒程。探照灯《ヘッドライト》を煌々《こうこう》と光らせた電車が鉄橋に差し掛かった。轟音がここからでもはっきりと聞こえ、鋼鉄と地面の振動が肌に伝わってくる。

『撃ちます……！』

　その音に紛《まぎ》れて、澪が二〇ミリ機銃をきっちり十発撃った。

　発射音は、電車の轟音に混じってもはっきりと聞こえたが……恐らくそれが機銃の音だと認識し確信出来るような人間は居ないだろう。少なくとも何も対策をしないよりはマシだと自分に言い聞かせ、俺は無線機に向けて言った。

「よし、確認するから……澪は銃を下に向けて待て」

『うん……』

　澪の了解の声を確認すると、俺は土手の斜面を駆け下り、設置してあった的を確認した。

　とりあえずバラバラにはなっていないようだ。段ボールというのが良かったのだろう。高速の銃弾は紙製の的をあっさり貫通《かんつう》して――衝撃そのものは、ベニヤ板の枠にあまり伝わっていないようだった。

　一応、十発分の穴が確認出来た。つまり一メートル四方の的に集弾できたという事になる。初めて撃ったにしては上出来だろう。

　俺は穴の空いた的と予備の的を交換しながら、無線で澪に話しかけた。

「初めて撃ってこれなら充分だ。次も十発、なるべく散らさないように撃ってみろ」

『う……うん』

「どうした？　何かあったか？」

『……なんでもない』

無線でもはっきりと分かるくらいに、澪の声が沈んでいる。

「ちょっと待ってろ。そっちに行く。銃口は下向きのままだぞ」

俺は的を設置し終えると、鉄橋の下にいる澪の所へ走った。

澪は、俺に言われた通り機銃の銃口を地面に向けた姿勢で待っていた。

ちなみに澪は現在、エッセンス・モデル状態である訳だが――主翼は後方に向けて翼端部を逃がすような感じで折り畳まれている。この辺は元になった零戦には無かった仕様だと思うが、他にもエッセンス・モデルとして少女の身体の上に出力する為、仕様変更《アレンジ》が加えられている部分があるのかもしれない。

いずれにせよ翼を畳んで俯き加減の澪は、ひどく落ち込んでいるようにも見えた。

「どうした。何処か痛めたか？」

大威力の機銃は、反動が大きいというのが宿命だ。

エッセンス・モデル状態の澪は腕力も強化されているようだが――さもなければ俺をぶら下げて飛んだり、二十キロ以上もある九九式二号機銃を振り回したりは出来ない――作動する遊底《ていゆう》に何処かを挟んだとか、銃身に触れて火傷《やけど》をしたとか、エッセンス・モデルならではの怪我の可能性も否定出来ない。

しかし――

「将にぃ……私、本当にこんな練習せんとあかんの……？」

澪は右手に提げた機銃を見つめてそう問うて

きた。

「澪……」

銃は本来、武器であり凶器だ。

料理や工作にも使える刃物《はもの》と違って純然と――誰かを、何かを、殺す為の道具だ。それについては言い訳のしようがない。射撃競技ですらも、多くの場合にはその殺傷行為を抽象化《ちゅうしょうか》したものに過ぎない。

澪にとって、銃を使う練習をするという事は、誰かを殺す練習をするという事だ。

元々他人と競う事すら苦手な澪が、射撃訓練において何も思わない筈が無かった。

だが――

「霞ヶ浦先輩が言ってたろ」

俺は努《つと》めて平坦な声で言った。

可哀相《かわいそう》だとは思うが、ここで甘やかすと澪の命が危うい。

「敵はいつ襲ってくるか分からないって。いつ襲われても自分の命を守れる程度には戦わないと――戦えないとまずい」

「…………霞ヶ浦先輩は……」

澪は呟くように言った。

「『敵が襲ってくるから戦ってるだけ』って言うてたけど……なんで……戦わなあかんのかなぁ……」

「……それは」

俺は言葉に詰まった。

戦争だから。敵が来るから。殺さないと殺されるから。

そう答えるのは簡単だが、それが思考停止である事も分かる。同じ処でぐるぐる回っているだけなら、いつかは力尽きる。そういうものだろう。

しかし……

「……澪、エッセンス・モデルを仕舞え。今日はこのくらいにしよう」

俺は溜息を一つついて、そう告げた。

「将にぃ……？　あの……」

「集中出来ない時に、銃の訓練は危険だろ」

「あ……ご、ごめん、将にぃ……でも」

「お前は悪くない――悪ぅない。気にすんな」

俺は苦笑を取り繕《つくろ》ってそう言った。

「ちょっと俺も焦り過ぎてたように思う。他にええ方法無いか、もうちょい考えるわ。この一ヶ月、例の位相戦闘領域《ゾーン》っちゅーのに取り込まれる事は無かったし、ひょっとしたら、まだまだ時間はあるかもしれへん」

少しでも澪が安心するかと思い、俺は関西弁でそう告げた。

何故かは知らないが、俺は澪や海咲と違ってエッセンス・モデルの出力先になれない。

俺は――戦えない。

男なのに。年上なのに。

澪を守ってやれない。彼女の代わりに手を汚せない。

それが、酷く歯痒《はがゆ》い。

しかもそれを誤魔化《ごまか》すかのように――彼女を生き延びさせる為に、というのを大義名分として俺は澪に『人を殺す練習をしろ』と強いている。澪の精神的な問題には敢えて見て見ぬ振りをして。澪が争い事には向かない性格だと分かっていたのに。

これはよくない。よくない事なんだろう。

「――帰ろう」

尚も不安げな澪に――努めて明るい声で、俺はそう言った。

「………」

海咲は、二つの人影が寮の裏口辺りに戻ってくるのを、カーテンの隙間から目撃した。

追浜澪と豊崎将一郎。あの二人だ。

最近、深夜になると追浜澪は、はとこの彼と一緒に、こっそり外出するようになった。

勿論、海咲には関係の無い事だし、何かを言う権利も無い。だから気付いてもただ見ているだけだ。彼女の、彼の、したいようにさせている。寮母に告げ口をする気も無い。

「不純異性交遊って訳でもないのでしょうし」

ジャージ姿の追浜澪の腰には、紐《ひも》で括り付けられたらしい無線機が揺れていた。

あの、豊崎将一郎が海咲にも持っていろと差し出してきたデジタル無線機だ。まさか深夜の逢い引きにジャージでもないだろうし、無骨《ぶこつ》な無線機をぶら下げていく必要は尚更に無い筈で――だからあれは、きっと何処かで『秘密の特訓』でもしているのだろう。

海咲の警告を聞いての事だとすれば、恐らくその『秘密の特訓』は追浜澪の発案ではなく、豊崎将一郎の方が言い出したことだろう。何度か会っていれば分かるが、あの追浜澪という少女は戦う事に向いていない。性格的に異常なくらい、闘争心が欠けているのだ。

それは、平和な現代日本においては、良い資質であるのかもしれない。

けれど――

「私達は、生き延びる為には、戦わなきゃいけない……」

海咲は僅かに開いていたカーテンを――そっ

と閉じた。

次の——土曜日。

世間的にはゴールデンウイークの初日である。

俺は、暗いうちから起き出して、澪の住む女子寮の裏口にまでやって来た。

勿論、例によって本土から遠く離れた海の上での訓練の為だ。日が昇る前には飛び立って、ある程度の距離までは海面を這うように飛ばなければならない。

澪のエッセンス・モデルには、機上レーダーや電波高度計なんて気のきいた機能はどうやらやはり備わってないらしく——零戦の再現だから当たり前だが——少しでも暗いうちに準備して、明るくなってきた辺りを狙い、夜明けぎりぎりに出発する訳だ。

「将にぃ——待った？」

俺が到着して五分ばかり——欠伸《あくび》を嚙み殺しつつ、澪が裏口に姿を見せた。

一昨日の射撃訓練の時と違って、意気消沈している様子は無い。今日は純然とした飛行訓練だと分かっているからだろう。飛ぶ事そのものは本当に好きというか、気に入っているようだった。

「待ったって程じゃないけど……な？」

俺の台詞は最後の部分が、驚きで捩《よじ》れた。

澪の後ろから——海咲が出てきたからだ。

「霞ヶ浦先輩⁉　あ、あの、お、おはようございます」

俺の声と眼で気付いたのだろう——慌てて背後を振り返り、挨拶《あいさつ》をする澪。

「おはよう。一つ忠告があるのだけれど、聞いて貰える？」

半眼《はんがん》で――別に眠いからという訳でもないだろうが――睨むようにして海咲がそう言ってくる。俺達の返事を待つまでも無く、彼女はそのまま、いつもの気怠そうな口調で続けた。

「夜中にこそこそ出ていくのも程々にしておきなさい。そろそろ寮母が気付いてる頃だと思う」

「あ……」

ばれていたらしい。

まあ鈍臭い澪の事だ、音を立てずに、誰にも気付かれず、こっそり寮を抜け出す――というのは最初から無理難題だったのかもしれない。

「でも、昼間大っぴらに出来るようなもんじゃないだろ？　飛行訓練とか射撃とか。下手したら通報される――」

「だから『程々に』って言ってるの」

俺の台詞に被せるようにして海咲は言った。

「――あなたたち二人、すでに『出来てる』事になってるわ。寮生の間では」

「『出来てる』？　何が？」

澪が首を傾げる。

俺のはとこは、何故かこういう単語――というか隠語《いんご》には妙に疎《うと》い。別に田舎育ちだから、という訳ではないと思うのだが。

「場合によっては、赤ん坊とか」

冷ややかな眼差しで澪を眺めて、海咲はそう言った。

「……はい⁉」

素《す》っ頓狂《とんきょう》な声を上げる澪。

さすがにこの歳で『赤ん坊はコウノトリが運んできます』などと信じている訳ではないらしい。俺は少し安心した。

「専《もっぱ》らの噂。入学早々歳上の彼氏を作って毎週朝早くから何処かへ出かけてるって」

「ち、違……将にぃはそんな……」

「――釈明《しゃくめい》は私が聞きましょうか」

第三の女性の声が、裏口に響く。

歳の頃は二十代後半といったところか、長い髪を無造作に束ね、エプロン姿にサンダルをつっかけた女性が寮から出てくるところだった。

どうも割り込む機会《タイミング》を窺《うかが》っていたらしい。

「あなたが噂の『将にぃちゃん』ね」

女性が――寮母だろう多分――眼を細めて俺の方を見る。

……って、噂になってるのか、俺？

「追浜さんの御父兄代わりだとか？」

「はぁ……まあ」

俺としては曖昧《あいまい》に頷くしかない。

「格好だけ見てると、あんまり不純異性交遊っぽくないというか、不健全な感じはしないわね……？」

そう寮母が評してくるのは、俺も澪もジャージで、俺はボートやら何やらを詰め込んでぱんぱんになった登山用のリュックを背負っているからである。まあ『早朝の特訓です』と言った方が説得力はあるだろう。実際その通りである訳だし。何処で何をしているのかと問われた途端に、詰んでしまうけれども。

「まあ、あなたが追浜さんをどこに連れてってるかは置いといて……追浜さん？」

「は、はひっ！」

じろりと寮母に睨まれて澪が裏返った声を上げる。

「ちょっとお話があります。今日の早朝デートは諦めて、付いてきてください」

「あ、え、あの、でも……」

戸惑う澪の襟首を掴むと、そのまま寮内に引きずっていく寮母。

澪はばたばたと両手両足を動かしながら、俺の方を涙目で見つめてきた。

「将にぃ——助け……」

「安心しろ、骨《ほね》は拾ってやる」

「将にぃ……⁉」

まるで親か親友に裏切られたかのように、表情を強張らせながら、寮内に消えていく澪。

いや。そんな顔されてもな。

彼女に向かって——俺は拝《おが》むように両手を合わせた。


追浜澪が寮母に連行された——その後。

海咲は豊崎将一郎と一緒に裏口の処へ取り残される形となった。

海咲の用はもう済んだから部屋に戻っても良いのだろう。ただ……結局、海咲の『忠告』は遅すぎたようで、ばつが悪いというか、豊崎将一郎を一人此処に残しておくのも何となく気が引けて、海咲はその場に佇んでいた。

「忠告、ありがとな。ちょっとばかり遅すぎた気もするけど」

と将一郎は言ってきた。

本当にこの男性は嬉しそうな笑顔で『ありがとう』を言ってくる。本人は気付いているかどうかも怪しいが、あの追浜澪と血縁なのだというのがよく分かった。根本的なところでやたらに純粋なのだ。

そういえば——と海咲は思い出す。

弓美子も、すごくいい笑顔で『ありがとう』の言える子だった。ああいう彼女の率直さ、素直さは見習いたいと、海咲はいつも思っていた。

もっともそういう純粋さが、彼女を殺したのだとも言える。純粋でなければ、自分の命を棄《す》てて友人を庇うなど、とても出来ないだろう。

「目立たれると困るの」

一方——素直でない海咲は、つい、そう憎まれ口を叩いてしまう。

しかし——

「一つ訊きたいんだが、いいかな？」

特に気にした様子も無く将一郎は問うてきた。

「答えられる事なら」

「君はどうして、そう『冷たい自分』を気取るんだ？」

「……！」

海咲は、思わず胸の奥で心臓が跳ねるのを感じた。

エッセンス・モデルの中枢《ちゅうすう》として与えられたそれは、人間本来のそれよりも遥かに強靱《きょうじん》であるようだが、妙に極端《ピーキー》な反応が多い。

海咲の内心を知ってか知らずか、将一郎は何処か、しみじみした口調で続けた。

「別に仲間でもなんでもないと思ってるんなら、忠告なんてしないで知らぬ存ぜぬを決め込んでいればいいじゃないか」

「随分と——」

海咲は胸の動悸《どうき》を意識して抑え込みながら言った。

「ずけずけとものを言うのね」

「気を悪くしたらごめん」

これまた素直に彼は謝ってきた。

ありがとう。ごめんなさい。

この二言が当たり前のように言えなくなって、どのくらい経《た》つだろうか。子供の頃は本当に何の疑問も抵抗もなく口に出来たのに、成長して小賢《こざか》しくなればなるだけ、基本の言葉が言いづらくなってしまう。

「私は……私は、力の足りない者とは組みたくない」

慎重に言葉を選びながら、海咲は言った。

「自分より弱いヤツと組む趣味はない。あなた達を助けたのも単なる成り行き」

「……そうか」

「私は、あなた達が期待するような優しい人間じゃない」

残念そうな表情の彼から瞳を逸らす海咲。

彼女の脳裏に——ふとあの日の情景《じょうけい》が浮かび上がってきた。

…………

「海咲！　逃——」

撒き散らされる赤黒い液体。

粉砕され千切れ飛ぶ機体。

海咲の自慢の親友は——彼女を庇って、まともな死体すら残せないような、死に方をした。

…………

「私は……この一年間、沢山の修羅場《しゅらば》をくぐり抜けてきた」

口をついてそんな言葉が出たのは、弓美子の死の場面を思い出した動揺故の事だろうか。

「沢山、沢山、人が死んだ。中には私を庇って撃墜された者もいる」

「…………」

彼は何も言わない。頷きもしない。

ただ黙って——海咲の愚痴とも言える呟きを聞いてくれていた。

「その時は、何故自分だけが生き残ってしまったのか、罪悪感に苛《さいな》まれた。でも、そう思う方が間違いなの」

海咲は、自分に言い聞かせるように声に力を込めた。

「これは戦争。これは殺し合い。撃墜された者には力が足りなかった。生き残る為には何をしても正当化される。何がどうあれ生きていれば勝利者。だから……先に死んでいった者に対して負い目を感じる必要は、ない」

そう繰り返し繰り返し胸の内で唱える事で、心の傷口は乾《かわ》いて、瘡蓋《かさぶた》になった。消えた訳ではないが、触らない限りは痛まない。他人とは距離をとっておけば、そこに触れられる事も無い。誰かを巻き込んで新たな傷を作ってしまう事もない。

なのに……どうして海咲は、今、自分でその瘡蓋を剝がすような事を口走っているのか。

「……俺としては」

将一郎は、ふと何か思いついたかのように、口を開いた。

「君がどう考えていようと関係ないんだ、実を言えば。俺達は君に庇われた。助けられた。それが事実なんだ。俺はそれに感謝してる。それは俺の自由だろう？」

確かにそれは、彼の勝手だ。

「別に一方通行の片思いでいい。自分が納得出来ればそれでいいんだ。君がどんな理由があって考えを変えたかは俺には関係ない。ただ結果的に俺は君に助けられた」

彼はそう繰り返す。

海咲にはそれが——何かの祈りのようにも思えた。

「だから、私は、仲間を犠牲にして生き残ってきたのよ」

弓美子。大事な友達。

海咲の慢心が彼女を殺した——

「そんな人間と組みたいと思う？」

どす黒い自嘲《じちょう》に塗《まみ》れた海咲の言葉に対して

——彼が返してきたのは、海咲が予想もしなかった理屈だった。

「それなら、俺はその犠牲になった仲間にも、感謝しなきゃなぁ」

「はい？」

思わず海咲は間の抜けた声を漏らす。

何を言っているのだろうか、この青年は。

「その人が君を護《まも》ってくれたから、俺達も死なずにすんだんだ」

「…………」

海咲は、呆れてしばらく開いた口が塞がらなかった。

目の前にいる女が『味方を殺して自分だけ生き残った』と告白したも同然なのに、それをあくまでも肯定《こうてい》的に受け止めている。自分達も殺されると思ったりしないのだろうか。

「なに、その『よかった探し』。馬鹿じゃないの？」

咄嗟に口をついて出たのは、普段にも増してきつい憎まれ口だった。

しかし——

「澪とつきあいが長いと、こういう癖がついてなぁ」

将一郎は苦笑するだけで怒りもしない。

「あいつ本当に鈍臭いんだよ。だからこう——プラス思考で物事を考えないと、やってられないっていうか」

それはもう本当に、彼にしてみれば、何気ない言葉だったのだろう。

だがそれは——薄甘い絶望で身を鎧《よろ》う事に馴《な》れていた海咲の傷口に、妙に、染みた。

✿

澪が寮母に拉致《らち》されてしまった——翌日の日曜日。

「的は見えるか？　間違っても俺を撃つなよ？」

俺と澪は、今度こそ寮母の目を盗んで東京を抜け出す事に成功していた。特訓の場所はいつもの洋上で、俺はゴムボートに乗りながら澪に指示を出している。

『見えてるから大丈夫——大丈夫』

自分に言い聞かせるように応える澪の声が、無線機に繋いだヘッドセットから聞こえる。

やはり飛行訓練は楽しくても、射撃訓練となると躊躇を覚えるらしい。

今回は——敢えてこれを組み合わせてみた。

飛行訓練の喜びと、射撃訓練への忌避《きひ》感、この二つが少しでも相殺《そうさい》しあってくれればと思ったのだ。案としては子供騙《だま》しというか、非常に幼《よう》稚《ち》なものだが……澪の精神的な部分を支えてやれる策を、他に思いつく時間が無かったのである。

最善とは言えないが、まあ、鉄橋の下でただ的を撃っているよりは気が紛れるのか、澪も頑張れているようだった。

『でも波で揺れて当たるかどうか……』

「空中戦じゃ動いてる相手に当てなきゃいけないんだぞ」

俺は、双眼鏡《そうがんきょう》で波間に揺れる『的』を確認しながら言った。

いつものお手製標的を、発泡《はっぽう》スチロールの筏《いかだ》に乗せて、更に安定用にプラスティックの鎖《くさり》と重りを付けたものである。

「こんなの、止まってるのと同じだろ」

『でも……今度は私が動いてるし……』

「そりゃそうだけど、空中戦っていうのはそういうもんだろ。普通の射撃競技だって、クレー射撃みたいに動いてる目標を撃つ事だってあるぞ」

『うーん……』

「本来なら吹き流し……凧《たこ》っていうか、旗《はた》っていうか、とにかく長いワイヤーに付けた標的を、別の飛行機が引いて、それを撃つんだけどな」

『それはもっと無理っぽい……』

「まあ別の飛行機が居ないからな……」

　場合によってはラジコン飛行機か何かを買って、俺が標的として飛ばす、という事も考えなければいけないかもしれない。だが確かアレってやたらに高価な上に、操縦が難しかったような……初心者向けのものもあるかもしれないが、それはそれで、操作可能な距離や、運動性能に不安があって、標的として使えるかどうかも怪しい。

「とりあえず撃ってみろ。当たらなくてもいいから」

　一旦、双眼鏡を下ろしながら俺は言った。

『分かったよ……』

　やはり今一つ気乗りしない様子ながらも、そう応える澪。

　同時に上空に見えていた彼女が、的に向かって旋回を始めるのが見えた。二〇ミリ機銃の射撃音と共に、海上に水柱が上がる。俺は慌てて双眼鏡を覗き込んだが——当たった様子は無かった。標的は水柱の起こす波に揺れながらも、無傷でそこに残っている。

「澪。撃つときは——」

『撃つときは見越《みこ》し角をちゃんと計算して』

ふとそんな声が割り込んできた。

澪の声ではない。

熱の無い、何処か気怠げなこの声は――

『霞ヶ浦先輩⁉　どうして――』

『あなたの彼氏に、無理矢理無線機を押しつけられたのよ』

面倒臭い、とでも言いたげな口調で海咲はそう言った。

ああ。そういえば昨日の朝、改めてデジタル無線機を彼女に渡したのだ。

どういう心境の変化か、とりあえず彼女はそれを受け取ってくれた。

『あの、だから、私と将にぃはそういうのと違《ちゃ》う――』

「どうしてここが？」

振り仰ぐと――上空に、海咲らしき機影が見えた。

どうやら遠くから俺達の様子を見ていたらしい。でもって余りに下手な澪の射撃に黙っていられなくなったとか、そんなところか。

海咲はしばらく、黙っていたが――

『あなた達だけじゃ、どうせろくな訓練にもならないだろうから、後をつけてきたの』

何処か言い訳じみた口調で、そう言った。

『無駄な事はやるのも、見るのも、嫌い』

海咲は空中で澪と合流すると、俺の居るゴムボートのすぐ近くまで降下してくる。

可能な限りに降下、減速してから――エッセンス・モデルそのものを消してゴムボートの上に降りる澪。それでも勢いを付けて飛び込んでくるようなものだが、ここは海の上――多少流されてもぶつかる相手は居ない。俺はとりあえずゴムボートがひっくり返らないようにだけ気を付けておいた。

更に——海咲も同様にしてゴムボートに乗ってきた。

「とっとっと……」

俺は折りたたみ式のオールを使ってゴムボートの安定を図《はか》る。

元々俺と澪と荷物で積載量《せきさいりょう》限界のような大きさなので、ゴムボートは非常に狭苦しい上、海咲の『着艦《ちゃっかん》』で激しく揺れた。

「もう少しそっち詰めて」

「いや、無茶言うなよ——って澪、立つな！」

「ひゃっ⁉」

「ちょっ——」

案の定、不安定なゴムボートの上で、澪がひっくり返る。両手をばたばた振り回して、当然のように海咲を巻き込みながら。

「ぬおっ⁉」

俺の上に倒れ込んでくる少女二人。

もっとも、ゴムボートの上なので、押し倒されても頭や身体をぶつけて痛めるようなものは特に無い——いや、それどころか。

「…………」

なんか柔らかい。

俺の頬に左右から押しつけられるそれは——

嗚呼《ああ》、それは、まさか。

「……ッ！」

澪と海咲、二人が同時に飛び跳ねるようにして俺から身を離した。

「あ、いや、まあその……」

澪が赤面《せきめん》するのは、まあ、見慣れているので俺としてもあまり焦らずに済んだが——海咲までもが俯き加減で頬を赤らめるのは、何というか、凄く反則っぽい気がした。

なんだこれ。なんなんだこれ。

「——標的の」

やがて……何かを振り落とすかのように軽く首を振って海咲は言った。

「標的の、曳航《えいこう》ぐらい、やってあげる、けど」

口調は渋々と言った様子で――やっぱり俺の方に眼も向けない。

怒ってるのか。無理もないけど、不可抗力だぞあれは。

「でも、俺達吹き流しとか、持ってきてないし……」

「私が持ってきたのを使う」

そう言って海咲は腰に巻いていた大きめのポーチから、釣り糸《テグス》と、折り畳んであった布製の吹き流しを出して見せた。普通のものより明らかに小さいが、まあ、使えない事はないだろう。俺のお手製の標的も決して自慢出来るようなものではないし。

「言っておくけど――無駄だと思ったら私は帰るから」

そう言うと、海咲は釣り糸を自分の腰のベルトに取り付ける。

ふぉっ――と空気を鳴かせて、主翼展開。

着陸脚部分や、胸元の操縦席に相当する部分、それに襟元のプロペラ、エッセンス・モデルの各所に青白い光が点り、エンジンの駆動音がゴムボートの上に響く。

ゴムボートを引きずるようにして水上を滑走――最後に軽く一度ゴムボートの縁を蹴って跳ぶと、そのまま海咲は空中に浮かび上がり、上昇に移った。

さすがに経験豊富な『先輩』である。

見事な離陸だった。

そして――

『ぐずぐずしないで』

海咲の声が無線越しに響く。

『さっさとついてきて』

「あ、でも――」

同じようにエッセンス・モデルを展開しながら、澪が躊躇の表情を示す。

「それって霞ヶ浦先輩に向けて撃つって事とちゃうんかな……？」

「充分離れてるから大丈夫だろ」

と俺は言ったが、澪はやはり気乗りしない様子である。

すると――

『……追浜さん。ゲームしましょう』

「ゲーム？」

唐突な海咲の提案に眼を瞬かせる澪。

『今から五分間、私の引っ張る吹き流しに追浜さんが弾を一発でも当てたら、追浜さんの勝ち。弾を撃ち尽くしたり、私や豊崎さんに当てちゃったりしたら、即座に追浜さんの負け。制限時間逃げ切ったら私の勝ち』

「それは……」

『優勝賞品は――そう、豊崎将一郎って事で』

「はい？」

俺と澪は揃って間の抜けた声を発した。

『次の日曜日は「将にぃちゃん」に何でも言う事を聞かせる事が出来る権利』

「ちょっと待て、何だそれは」

「な、なんでもって………」

『何でも、よ』

意味深な抑揚を付けて海咲は言った。

とりあえず俺の意見など微塵《みじん》も聞く気は無いらしい。

「………」

ゴムボートの上にすっくと立ち上がる澪――が、またこける。

だが今度はすぐに起き上がると、肩越しに俺の方を振り返って言った。

「将にぃ……頑張るね」

「お、おう」

珍しくやる気を見せている澪には、俺としても頷くしかない。

『時間が惜しいから始める。五分ね。秒読み開始——五、四、三』

「あ、ちょっと、待って、待って、待ってください……！」

慌ててゴムボートの縁から落っこちる澪——と思ったが、次の瞬間、翼を広げた彼女は海咲と同様にして海面を滑走——最後は水飛沫《しぶき》を上げながら、海面を切り裂くようにして飛行開始。海咲にも負けない上昇性能を示して空に舞い上がっていく。

「おー……」

蒼穹《そうきゅう》を背にじゃれ合うような航跡を描く二人の少女。

澪はすっかり海咲に乗せられているようだった。俺ではどうにも考えつかなかった方法である。こういう事に関しては、やはり女の子同士の方が、心の機微を捉えて上手いという事なのだろう。

「……本当、ありがとう」

先行する海咲の機影に向けて——俺は苦笑交じりにそう言った。

第三章　初陣

大型連休も終わった五月の半ば。

澪は、学校にも寮での生活にも慣れて、ごく普通に高校生活を満喫《まんきつ》していた。

ちなみに——相変わらず土曜日には朝早くから将一郎と出掛けて洋上訓練を行っているが、これについては海咲からの口添えもあって、寮母のお許しが出る事になった。

表向きは『趣味の山登りと野鳥観察』という非常に健全な目的になっている。更には毎回、海咲も同行するようになったので、将一郎と不純異性交遊の為に出掛ける訳ではないと、納得して貰えたのである。

ともあれ——

「……ところで追浜さん？」

昼休み……澪は、同級生の友達三人と一緒に学食に来ていた。

いずれも自宅通学組である。彼女等は生まれも育ちも東京圏の典型的な都会っ子で、田舎者丸出しの澪を面白がって、よく構ってくれる。馬鹿にするという訳ではなく、単純に珍しいらしい。中学までは地元育ちの人間ばかりと接してきたので、言葉も含め、細かな反応が自分達と違う澪を見ているのが楽しいのだろう。

この友達のお陰で、澪は上京当初から感じていた不安感を、学校に居る間だけでも忘れる事が出来た。これこそが女子高生の生活なのだ、女子高校生らしい、他愛《たわい》ないお喋りに興じることの時間こそが、自分にとっての日常であり『普通』であるのだ——と。

「年上の彼氏とは上手く行ってるの？」

友達の一人が澪の顔を覗き込みながら、そんな事を訊ねてくる。

「……え？」

思わず手を止める澪。

食べかけのカマボコが箸《はし》の先からぽろりと落ちた。

「あ、えと、か、彼氏ちゃうよ？」

我に返り慌てて否定する澪。

だが友達は『またまた』『御謙遜《ごけんそん》』などと言いながら、わざとらしく笑う。『彼氏など居ない』ではなく『彼氏ではない』と返している時点で既に澪は友達の誘いに乗ってしまっている訳だが、その自覚は本人には無かった。

「寮生だけじゃなくて、もうクラスのみんなが知ってるよ？」

「休日ごとに、何処かに遊びに行ってるんでしょ？」

「あ、あ、だから、それは、えと、シュミのヤチョウカンサツで……」

と『建前《たてまえ》』を呪文のように唱える澪。

野鳥観察といっても、澪は野鳥の名前など殆ど言えないのだが。鴉《からす》と鳩《はと》と雀《すずめ》の区別がつく程度でしかない。その辺を突っ込まれると途端に窮地《きゅうち》に陥るのだが、幸いにも未だそこまで訊ねてくる相手は居なかった。

ともあれ――

「入学式の時に来てた人だよね?」

いつの間にか、寮内どころか、将一郎の事は学校中に広まっているらしかった。

まあ先月の下着泥棒騒ぎで彼の顔を覚えた生徒も多いだろう。あれは誰だという話になって、澪の父兄だ、でも彼氏でもあるらしい、的な噂が学校中を満遍《まんべん》なく突っ走ったようだった。さすがに学校の中は千里もないので、広まるのは瞬く間である。

「だから将にぃは彼氏とかじゃなくて……」

「ふぅん?」

「じゃあ、追浜さんはその『将にぃ』さんの事が嫌いなの?」

すかさず別の友達がそう訊ねてくる。

三人共、澪を弄《いじ》るのが楽しくて仕方ないといった様子だが、澪自身はあまり弄られている自覚が無い。なので流す事無くいちいち大真面目に反応する。

「そ……そんな事ないけど……」

そう言いつつも頬を赤らめるものだから、友人達は益々調子に乗る訳で。

「あ、でも、血が繋がったお兄さんとかなの?」

「うわ、それってキンガンのコイってやつじゃん?」

「眼ぇ悪くしてどうすんのよ。禁断でしょ」

などと話が妙な方向に逸れていく。

「だから違うっていうか……そもそも将にぃは、はとこだから……」

「あ、はとこなんだ。じゃあ大丈夫じゃん」

「はとこって、なんだっけ、いとこのいとこ?」

「親同士がいとこ、って感じじゃなかったたっけ?」

などと首を傾げる友達。

いとこに比べるとはとこ、という関係は今一つ周知されていない印象がある。

「曽祖父が同じで、兄弟姉妹でもいとこ同士でもない、曽孫《ひまご》同士って書いてあるね」

友達の一人がスマートフォンで検索を掛けたらしく、そう言ってきた。

「うん。曽お爺ちゃんが一緒なんよ」

曽祖父の源一郎には娘が二人いて……それぞれが澪の祖母、将一郎の祖母になる。

澪の祖母は長女だった事もあり、婿《むこ》を貰って追浜家の名を継ぎ、将一郎の祖母は豊崎家に嫁に出た。元々豊崎家は追浜家の分家《ぶんけ》筋にあたる為、両家での人の行き来も頻繁で、澪と将一郎は兄妹同然に育ったのである。

「旧家《きゅうか》っていうんだっけ?　そういうの」

「澪ちゃんって、実は、良いところのお嬢《じょう》さん?」

「家に土蔵《どぞう》とかあって、甲冑《かっちゅう》とか刀とかある感じ?」

興味深そうに訊ねてくる友人達。

「全然。永《なが》く続いてるってだけ」

と澪は笑う。

その後——

「——島が丸ごとホテルになっててさ。砂浜とかちょー綺麗」

「あ、写真見せて見せて。これ何?」

話題は別の——他愛ない方向に逸れていく。

年頃の少女達は好奇心旺盛《おうせい》で、お喋りの話題も猫《ねこ》の目のようにくるくると変わる。大型連休明けという事もあって、自然と連休中に出掛けた先の話になっていた。

「エイだよ。島で餌付《えづ》けしてんの」

「エイって魚のエイだよね？　餌付け？」

「うん。すんごい馴れててホテルの人にじゃれつくんだよ」

「うわ。凄い。いいなぁ」

「尻尾《しっぽ》に毒があって危ないから客は触らせて貰えないけどね」

「あの辺ってスキューバダイビングに行く人も多いよね」

「確か第二次世界大戦の船とか戦闘機とか沈んでるんだっけ？」

「それはパラオじゃない？　私が行ったのはモルジブ」

…………

「…………」

——戦闘機。


その一語に澪は思わず唇《くちびる》を噛んだ。

友達と他愛ないお喋りをしていると、忘れていられる筈だった。これこそが自分の日常だと思う事が出来た。あの鏡映しのような世界に取り込まれる事など、もうこの先、無いのではないか——そう思えるくらいに。

あれから二ヶ月。未だ澪の『初陣《ういじん》』は来ない。

あの奇妙な『戦場』に巻き込まれたのは別として……次に位相戦闘領域《ゾーン》に取り込まれた時には、やはり戦わねばならないのだろう。ただ飛んでいるだけで良い、という訳にはいくまい。機銃の狙いを付けて、引き金を引かねばならないのだ。

いたたまれない気持ちで——南の島の話題から逃れようとするかのように、視線を彷徨わせる澪。

すると——

「……あ」

見知った者の姿が眼に映った。

学食のカウンターで、パスタの皿を受け取っている海咲である。

どうやら先に席取りはしていなかったようで、彼女はトレイを手に左右を見回していた。

(霞ヶ浦先輩……)

学食の中で海咲を目撃するのは、これが初めてではない。

澪が知る限り、海咲はいつも一人でやってきて、一人で黙々と食事をして、それから一人で去って行く。誰とも一緒に食事を摂ろうとしない。これはもう暗黙の了解のようになっているらしく……同じ学年の生徒達も、誰も彼女に声を掛けようとはしないようだった。

それは何だか、ひどく寂しい。

澪はそんな風に思った。

だから――

「か、霞ヶ浦先輩……！」

澪は立ち上がって、海咲に声を掛けた。

「……？」

怪訝《けげん》そうに澪達の方に視線を向けてくる海咲。

澪は箸を置いて海咲の処に駆け寄ると、背後に回り込み、その背中を押した。

「こっちに席が空いてますよ」

「――え？」

「一緒に食べましょう」

「い……いや……私は一人で……」

「皆で食べた方が美味《おい》しいと思います」

そう言いながら、澪は渋る海咲を自分達の席まで連れてきた。

我ながら、呆れる程の強引さである。

明らかに御節介《おせっかい》だ。だが澪は海咲を一人にしておきたくなかった。一人は辛いし、一人は寂しい。少なくとも澪の中で、それは万人共通の真実なのである。むしろ『一人で居る方が気楽』などという考え方は、全く頭に無い。

さすがに、ここで無理に逃げるのも変だと思ったのか——海咲は諦めた様子で、澪の隣の席につく。元々居た同級生の友達は、全員が呆然とその様子を眺めていた。

「……澪ちゃん澪ちゃん」

澪を挟んで海咲と反対側に座っている友達が、耳打ちしてくる。

「いつの間に先輩を落としたの？」

「落とす？　別に何も落とし物とかしてへんよ？」

「そうじゃなくて、その……」

友達は一瞬、困ったように言葉に詰まってから——更に声を潜《ひそ》めて言った。

「いつの間に、霞ヶ浦先輩とお近づきになったの？」

「あ……うん。ゴールデンウイークの間に」

と無邪気に澪は答えた。

だが言うまでもなく、澪は『落とす』の意味を理解していない。他の友達も顔を見合わせてから、戦慄さえ含んだ表情で言った。

「歳上の彼氏だけのみならず……」

「御姉様とか……どんだけ……」

「しかもあの……霞ヶ浦先輩……」

「それもわずか二ヶ月で……」

「たらし……天然の人たらしよ……」

「追浜澪……恐ろしい子……」

………等々。

「あの、霞ヶ浦先輩？」

さすがに沈黙しているのも気まずいと思ったか——澪の対面に座っていた友達が、勇《ゆう》を鼓《こ》して、といった感じで海咲に話し掛けた。

「追浜さんとはどういう関係なんですか？」

「関係も何も、単なる上級生と下級生」

上品な仕草でパスタを口に運びながら海咲は答えた。

「あ……そう、ですか」

「でも――」

気圧《けお》される友達に続けて、次は私、といった感じで別の友達が海咲に質問する。

「先輩って、いつもお一人だったじゃないですか、あ、その、別にぼっちとかそういう意味じゃなくてですね、一人がいい、みたいな雰囲気で――」

「私は単に連帯行動が苦手なだけ。単独行動が好きなの」

多少不躾《ぶしつけ》とも言える発言を気にした様子も無く、海咲はそう答える。

取り付く島も無いというか――会話として受け答えをしているというより、独り言を漏らしているかのような雰囲気である。恐らくは似たような事を何度も訊かれ、答えているうちに、それはもう海咲の中で会話ではなく、呪文のようになっているのだろう。

しかし――

「でも追浜さんの誘いには乗りましたよね？」

「それは――」

一瞬、困ったかのように眉を顰める海咲。

それは海咲が、この場において初めて示した反応だった。

「あ、あのね？」

澪は――友達の詮索から海咲を助けようと、その会話に割って入った。

「私は、その、特別、特別やから」

だから、霞ヶ浦先輩は自分の誘いを受けてくれた。とりあえず澪としては、そう主張したつもりだった。

「特別？　何それ？」

友達が即座に食いついてきたが――実を言うと、澪は後の事までは考えていない。

なので当然、細かく問われると言葉に詰まる。『何がどう特別なのか』を先に考えておかなかったので、説明できない。

「その……だから……」

「特別な関係って事？」

「えっと、うん」

深く考えずに頷いてしまう澪。

その隣で、海咲が俯きながら長々と嘆息《たんそく》した。

「やっぱり霞ヶ浦先輩って……」

「というか追浜さん……もう……？」

「彼氏が居るのに……？」

戦慄の表情で、澪と海咲を見比べる友達三人。

今一つ彼女等が驚いている意味が分からず――眼を白黒させる澪。

そんな彼女に……

「追浜さん」

海咲が物憂げな口調で言った。

「私とあなたが同性愛者で肉体関係にあるんじゃないかって思われてるけど。いいの？」

「……ふぇ？　ニクタイカン……………ええええぇ⁉」

「いえ。豊崎さんの事もあるから、この場合はあなたが両刀遣いって事になるのかも」

「リョウトウヅカイ？」

「男の人とも女の人とも、肉体関係を結べちゃう人」

平然とした口調でそう言ってから、何事も無かったかのようにパスタを口に運ぶ海咲。

対して澪は、さすがに落ち着いてなどいられず――

「……ち、違、違、違うから！」

思わず立ち上がってそう叫んだ。

「わ、私、未だ処女《しょじょ》やから！」

「…………」

途端、凍り付く友達三人——のみならず、食堂全体。

しばらく食堂全体に恐ろしく気まずい空気が横たわっていたが……一分も経過すると、多少ぎくしゃくしながらも元通りのざわめきが満ちた。澪達は未だ完全に『染まって』はいないが、元々女子校生徒の、猥談《わいだん》の壮絶さについては定評がある。さすがに唐突な処女宣言の一つや二つで、混乱状態に陥ったりはしないようだった。

ただ——

「あ……あの……」

怯えた眼で、海咲の方を見る澪。

海咲はいつも通りの気怠げな無表情で、小さく頷いて言った。

「今日の事、とりあえず豊崎さんに報告しておくから」

「あう〜」

呻いて頭を抱える澪を、海咲は熱の無い静かな眼差しで——そして友達三人は『可哀相な子』に注ぐ視線で、見つめていた。

✿

洋上の訓練を一緒にするようになって——澪と海咲は、言葉を交わす機会が増えた。

学年が違うので、学校内ではそうそう一緒になる事は無いが……元々同じ寮に住んでいる為、顔を合わせる事も多く、澪が声を掛けると立ち止まって他愛ない話をする程度にはなっていた。

当初は声を掛けても半ば無視されていた事を想

えば、随分と親密になったとも言える。

ただ……

「多分、思いっきり誤解されていると思う」

「すみません……」

放課後——澪と海咲は、二人揃って寮へ向かっていた。

校門で海咲の姿を見掛けた澪が、一緒に帰りませんか——と声を掛けたのである。

食堂の一件があった為、海咲が応じてくれるかどうかはあまり自信が無かったのだが、海咲は特に嫌がる様子も無く、澪と並んで寮までの道を歩き始めた。

ちなみに海咲の言う『誤解』とは、澪と彼女が、いわゆる同性愛的《レズビアン》な関係である——という話だ。澪の『自分は処女』発言についても、単純に嘘だと思う者も居れば、『男性とは性行為していない』という意味に捉えている者も居たようで、同性愛疑惑を完全に払拭《ふっしょく》するには至っていない。

ともあれ——

「まあ……私には『前科』があるから」

海咲は、何処か遠い眼差しをしながら言った。

「『前科』ですか？」

「同級生とね、そういう関係じゃないかって噂された事があるし」

「……あ」

澪は、以前、友達から聞いた話を思い出した。

海咲の言動がいきなり変わる切っ掛けになったと言われている……同級生の失踪事件。

「やっぱりその話、聞いた事あるのね」

「あ、や、その…………えっと…………………はい」

しらを切り通せずに、結局、澪は頷いた。

「男勝りっていうか、結構男の子っぽい雰囲気の子だったから、カップルっぽく見えたんでしょう。私も当時は髪――伸ばしてて、もう少し女らしかったし」

ちらりと澪の長い黒髪を一瞥して、海咲は言った。

「幼馴染みの親友だった」

海咲はゆっくりと静かな口調で言う。

胸の奥に仕舞ってある何かを、そっと取り出すかのように。

「彼女と一緒なら何でも出来た。私には無いものを沢山持っていて、頼り甲斐《がい》があった。本当、どうして私みたいなのと親友でいてくれたのか、不思議なくらいに……」

「霞ヶ浦先輩――」

澪は驚いたように眼を瞬かせて、海咲を見つめる。

表情はいつもの気怠い無表情のままなのだが、それでもここまで海咲が感情を吐露《とろ》したのは、澪が知る限り初めてだった。恐らく言葉通り、いや言葉以上に、その『幼馴染みの親友』は海咲にとって大事な存在だったのだろう。

「その人って……」

「……ええ。そう」

海咲は小さく頷く。

「本当に先輩の恋人さんやったんですか？」

「………」

海咲がつんのめった。

さすがに転ぶ前に、右手を近くにあった郵便ポストについて踏みとどまったが――

「追浜さん」

「はい」

「察しが悪いってよく言われない？」

「あ、よく言われます。将にぃにもよく『鈍臭い』とか『鈍い』とか言われます」

てへ、と恥ずかしげに笑いながら後頭部を掻く澪。そんな後輩の姿を、しばらく海咲は半眼で眺めていたが——短く溜息をついて、再び歩き出した。

「私の事はともかく。このままだと色々誤解が誤解を呼ぶから、早めに対処しておいた方がいいと思う。少なくとも親しい友達にだけでも」

「対処ですか？」

「もう堂々と豊崎さんの事を彼氏として皆に紹介するとか」

「だからそういうのと違います……多分」

澪は俯いて言った。

「……未だ……」

小さな声でそう付け加えた一言が、耳に届いたのかどうか——海咲はわずかに首を傾げながら訊ねてきた。

「本当に彼氏じゃないの？」

「将にぃは……将にぃですし」

「この間の『優勝賞品』はどうしたの？」

海咲の言う『優勝賞品』とは——先日の射撃訓練において、澪が制限時間内に上手く標的に弾を当てる事が出来たら『将一郎に言う事を聞かせる権利を貰える』というものだった。一発だけ、まぐれ当たりのような形でだが、澪は何とか的に弾を当てる事が出来た為、将一郎を丸一日、好きに扱えた筈なのだが。

「いざ何でもって言われると……何も思いつかなくて保留です」

澪は苦笑した。

「ふうん。そうなんだ」

納得がいった、とでも言うかのように小さく頷いている海咲。

「あ、でも夏休みとか……皆で何処かへ行きませんか？　その時に将にぃに荷物持って貰うとか。買い物とかでもいいですけど」

「それは……私もって事？」

問う海咲の声は僅かだが戸惑いに揺れていた。

「勿論ですよ」

笑顔で言う澪に——しかし海咲は首を振る。

「……遠慮します。そこまで、なれ合う気は無いの」

「そうですか……」

見るからに意気消沈してます——といった感じで肩を落とす澪。良くも悪くも表裏が無いというか、考えている事が表情や態度に出やすい少女なのである。

「大体……いつ次の戦いが始まるか分からないのだから、夏休みの計画とか何とか、たてても虚《むな》しいと思うけれど」

「そんな事ないですよ」

言って澪は指を折って日を数える。

「あれから、もう二ヶ月以上も何も無いじゃないですか。ひょっとしたらもう二度と無いのかも——」

「…………追浜さん」

海咲は眉を顰めて澪の名を呼び……

「いえ。何でもない」

……しかしそれから、曖昧に首を振った。

先程から海咲の口調に潜む、ある種の諦観《ていかん》に、澪は気付いていない。

「そうね。あれが最後の戦いだったら……いいわね」

午後の空を流れゆく白い雲を見上げながら——海咲は静かな口調でそう言った。

✿

彼女は、速度というものに魅《み》せられていた。

周囲からは『上品なお嬢様』だと思われているようで、趣味の話をすると、誰もが意外そうな表情を浮かべてくる。

一種の中毒なのだろうと、自分でも思う。

十代前半までは自転車だった。免許《めんきょ》が取れるようになると即座に貯金をはたいてバイクを買った。愛用のカワサキＮｉｎｊａ４００に跨《また》がって高速を走っていると、これに優る快楽《かいらく》は無いとさえ思う。

ただしエンジンの力で、ひたすらごり押しするような走り方は好きではない。そんなものは『速さ』ではないと彼女は思う。あくまでも速度を自分の支配下に置く事。自由自在に速度を操る事。それが本当の速さなのだと彼女は思う。

走る。曲がる。止まる。

加速。減速。

その全てを全身で御《ぎょ》する。周囲を流れていく風景の速さと、唸りを上げる風の強さに、自分が今、生身の足ではどれだけ必死に駆けても辿り着けない領域に居るのだと自覚する事が出来る。

車や列車では駄目だった。

自分が——自分自身が高速で移動しているという実感において、バイクに優る乗り物は無い。自分の手の届く範囲において、それが最高だ。少なくとも半年前まで彼女はそう思っていた。

だが——最近はＮｉｎｊａに乗って走り回っても、以前程の高揚《こうよう》を覚えなくなった。

より強烈な速度の領域を、身体が識っているからだ。

時速六百キロ。

音速のおよそ半分。一六〇メートル以上をたった一秒で移動する超高速。しかもそこに道路は無い。地面すら無い。己を縛るものの無い虚空にて得られる真の自由。

彼女の理想がそこにあった。

だから――

「…………」

ふと、後頭部をかすめる違和感。

Ｎｉｎｊａを路肩に寄せて停め、ヘルメットを取った。その下から現れるのは長い金髪、白い肌、そして蒼い瞳である。彫《ほ》りの深い顔を見るまでもなく、それらは彼女が日本人ではない事を示していた。

彼女は頭上を見上げて――静かに笑った。

「毎度ながら唐突ね……」

彼女の周囲から忽然《こつぜん》と人の姿が消えていた。

道路を走っていた車も全て停止している。

物音一つしないその風景は、まるで街全体が一瞬で廃墟と化したかのようで、恐ろしく不気味だった。

だが彼女はそんな事は気にしていない。これが初めてではないからだ。

頭上には、まるで鏡にでも映したかのような、東京の街の姿が浮かび上がっていた。

「まあ仕方ないけれどね。私達は『選ばれて』しまったのだから」

呟く声には、誇らしげな響きすらあった。

彼女はバイクから降りると、スタンドを起こし、鍵を掛け、最後にヘルメットをハンドルの端に引っかける。予め『始まる』と分かっていれば、この程度の事をする時間はあった。

そして――

「二ヶ月ぶりのパーティ、愉《たの》しませてもらいましょう」

背中に出現する巨大な翼の感覚を意識しながら、グラマンＦ６Ｆ〈ヘルキャット〉のエッセンス・モデル――アンジェリーナ・テイラーは地を蹴って空中に舞い上がった。


専門学校からの、帰り道。

俺は行きつけの本屋で取り置きして貰っていた航空雑誌数冊を受け取り、下宿に向かって街を歩いていた。

今月の特集はユーロファイター・タイフーンだ。しかも表紙はプロのカメラマンによる見事な空撮《くうさつ》写真。雑誌としては、かなり力を入れた特集らしいので、早く帰って特集記事を読みたかった。

だが——

「——!?」

何の脈絡も無く、俺は違和感を覚える。

特別な音や光があった訳ではない。

だが——何かが変わってしまったと全身の感覚が訴えている。街から人の姿が消え、電光掲示板が消え、路上の車が全て停まっている事に気付いたのは、次の瞬間だった。

「まさか……」

いや。まさかではない。

これはアレだ。アレが再び起こったのだ。

俺はビルの間に見える空を振り仰ぐ。

そこには——予想通り、鏡に映したかのような東京の街が広がっていた。

「……来たのか」

来てしまった——という想いが強い。

いっそ、あのまま二度と位相戦闘領域《ゾーン》が展開されなければ、と思った事も何度かあった。

俺達の訓練が全て無駄になって、何年も何十年も後に、歳喰った俺達が『そんな事もあったね』と笑い合えれば……と。

だが海咲は言っていた。位相戦闘領域は突然展開されると。そしてそれが展開されるという事は、即ち戦いの始まりを意味すると。つまりはこれから――澪や海咲が、殺し合いに参加するのだ。否応なく。

絶望的な気分で、俺は頭上の『戦場』を見上げ――

「いかん。このままじゃ、また『落ちる』」

俺は近くに在ったアパートに駆け寄ると、その階段の手摺《てす》り部分に、持っていたカラビナ付きのワイヤーを固定した。カラビナは勿論、ワイヤーは人を一人吊り下げるには充分な強度があるし、俺の着けているベルトも元々作業用の頑丈なものだ。

この日が来なければ良いのにと願ってはいたが、準備を怠《おこた》るような事も無かった。

俺が澪の足を引っ張るのだけは、願い下げなのだ。

「よし……無線機は、ある」

俺は鞄の中で無線機のスイッチを入れてから、ヘッドセットを取り出して頭に付ける。

すると――

『将にぃ、大丈夫⁉』

切迫《せっぱく》した澪の声が聞こえた。

どうやら俺が教えた通り、位相戦闘領域《ゾーン》の展開に気付くと同時に無線機のスイッチを入れたらしい。エッセンス・モデルを展開するよりも、何よりも早く。

戦場において最も避けるべきは、混乱や焦燥により状況を見失う事だろう。だから俺はくどいくらいに、澪にはまず、無線機を使って俺に連絡しろと教えておいた。誰かと会話するだけでも人間は冷静さを取り戻せるものだ。

「こっちは大丈夫だ！　ワイヤーは引っかけた、

手筈通りにやるぞ！」

『分かった……！』

まるでそんな澪とのやりとりが終わるのを待っていたかのように、世界は一気に反転した。

靴底が空を掻き、俺の身体は『頭上の世界』の重力に引かれて落ち始める。

だが、それは十メートルばかりで止まった。頑丈なベルトとカナビラとワイヤーが、俺をアパートの階段に繋ぎ止めてくれていたからだ。

俺は宙吊りの状態で一旦——安定した。

間の抜けた格好だが、墜落死《ついらくし》よりはマシだ。

澪に迎えに来てもらうも良し、こうして位相戦闘領域《ゾーン》を上から俯瞰《ふかん》するも良し——全体を見渡せれば、澪に指示を出すにも役立つかもしれない。エッセンス・モデルになれない俺が、位相戦闘領域に取り込まれた際、何が出来るか——それを考えた末の事だった。

正直、元居た世界の全てが実体を失って、カラビナを引っかける先が消えてしまうという怖れもあったが、今のところは大丈夫のようだ。

案外、上手くいくものだ。

そう安堵の溜息をついた、その瞬間——

「——うぉっ⁉」

眼の前に、いきなりそれは出現していた。

青白い光を放つ円盤。

それは——

「フー・ファイター⁉」

驚愕に叫ぶ俺に向かって——未確認飛行物体は猛烈な速度で突っ込んできた。

✿

通りから——街から人の姿が無くなった。

「えっ……これって」

突然の異常事態に狼狽する澪。

表情を険しくした海咲が、呟くように言った。

「あなたの願い——叶わなかったみたい」

頭上を振り仰ぐ二人。

そこには、やはり東京の鏡像が広がっている。

いや。複製と言うべきなのか。あれは蜃気楼のような実体の無い幻ではない。あの日——エッセンス・モデルをその身に焼き込まれた日に、それを澪は嫌という程に理解させられた。

「将にぃ——将にぃは⁉」

迷子の子供のように視線を右往左往させる澪。対して『ベテラン』の海咲は、やはり落ち着いていた。

「落ち着きなさい。何の為の無線機？」

「そうだった……！」

澪は鞄の中に手を入れて、無線機のスイッチを入れ、ヘッドセットを付ける。

「将にぃ、大丈夫⁉」

僅かに時間をおいて——電波の向こうから、将一郎の声が聞こえてきた。

『こっちは大丈夫だ！　ワイヤーは引っかけた、手筈通りにやるぞ！』

「分かった……！」

将一郎の無事を確認して、安堵する澪。

一方、海咲はエッセンス・モデルを展開——青白い光の線が彼女の身体を通り過ぎ、濃緑色の制服を分解。同時に灰白色の外装をその身体の表面に形成していく。

「そろそろ『落ちる』わよ。準備して」

「は……はい！」

重力が逆転する。

元の『世界』は特に変化も無く、しかし、澪と海咲と、彼女等が掴んでいるものだけが、まるで留まる事を許されない、とでもいうかのように落下を始めた。

慌てて澪もエッセンス・モデルを展開し、落下しつつも翼を虚空に斬り込ませて飛行を開始した――その時。

『――うぉっ⁉』

ヘッドセットから将一郎の叫び声が聞こえた。

無線を介しても聞き取れる、驚愕の響き。

それは――

『フー・ファイター⁉』

「……⁉」

稲妻《いなずま》が走ったかのように、青白い光が虚空に瞬く。

咄嗟にそちらの方を見た澪と海咲は、空中に浮かぶ直径十メートル余りの球体を目撃する事となった。それはまるで月のように天の真ん中に滞空《たいくう》しつつ、しかし月ではない証拠に、青白い光を呼吸するかの如く明滅させている。

「将にぃ！　どうしたの⁉」

「豊崎さん⁉　何処に居るの？　フー・ファイターに何かされた⁉」

澪と共に海咲もヘッドセットで将一郎に問いかける。半ば直感だが――二人共、あの球体がフー・ファイターの仕業だと理解していた。

そして将一郎が、あの中に居るであろうという事も。

「将にぃ、将にぃ⁉　返事して――」

「追浜さん――むしろ飛んでいった方が早いと思う」

「……あ」

海咲に諭《さと》され――青白い球体に向かう澪。

無線機からは、しばらく何も聞こえてこなかったが……

『いや、こっちは問題ない』

澪が、不安で泣き出しそうに顔を歪めたその瞬間……将一郎の声がした。

『少なくとも攻撃された訳じゃない。俺は無事だ、けど細かいことを説明してる時間が無い。お前等は戦いに――』

そこで将一郎は言葉を切って。

『――生き残る事に専念しろ！』

「……うん！」

途端に表情を明るくして頷く澪。

「なるほど……」

と――何やら納得の様子で海咲が呟く。

「何よりその為の無線機……ね」

「先輩？」

海咲の表情はいつも通り――何処か物憂い雰囲気のままなのだが、今だけは何か苦笑をしているように思えて、澪は首を傾げる。

「何でもない。それより」

海咲は飛行しながら肩越し――いや翼越しに後方を振り返る。

「彼よりも先ず、私達自身の心配をすべきでしょう」

紛《まが》い物の空。紛い物の東京。

紛い物尽くしの戦場に――舞うのはやはり紛い物の熾天使《セラフィム》だ。少女の肉体に鋼《はがね》の翼を組み込まれ、神の名を唱える事も無いまま、銃撃の炎を吐いて風に乗る。

零式艦上戦闘機五二型。

零式艦上戦闘機二一型。

そして澪達に向けて近付いてくる、黒い小さな『点』もまた同様。

それは――

「『敵』が、来る」

高速で飛行する、戦闘機少女の姿だった。

気が付けば俺は――磔にされていた。

ただし十字架ではなく、直径二メートル余りの巨大な円環の上だ。両手を万歳の形に固定され、両足も少し開いた状態で環に留められている。釘を打たれている訳でも、手枷《てかせ》の類が嵌《は》められている訳でもないのだが、両手両足は全く円環の上から離れなかった。

これは――

「一体、何のつもりだ」

俺は眼の前に佇む異形――フー・ファイターの人型形態に向けてそう問うた。

澪から前に聞いていたが、俺の拘束されているこの円環は、澪がエッセンス・モデルをその身に焼き込まれた時に使われたものと同じだろう。要は人間を固定する手術台のようなものだ。あるいは何らかの検査装置も兼ねているのかもしれない。

いずれにせよ、俺をこの円環の上に磔にする意味が分からない。

俺はエッセンス・モデルの出力先として適さない――それはフー・ファイター自身が以前に告げてきた事だ。どういう理屈なのかは識らないが、男は駄目であるらしい。

では今こうして俺を磔にしているのは、何の為に？

「俺を攫《さら》って人質にでもするつもりか？」

ちなみに――腰に着けていた筈の落下防止用ワイヤは、すっぱりと切断されている。こいつがその気になれば俺の首など、簡単に両断出来るだろう。

だが、その一方で、俺が頭に付けていた無線機のヘッドセットはそのままだ。俺が澪達と交信する事についても、フー・ファイターは特に興味を持っていないようだった。

「…………」

フー・ファイターは、しばらくその黒い仮面を俺に向けていたが……

「トヨサキ・ショウイチロウは想定外因子《イレギュラー》だ」

唐突にそんな事を言い出した。

「イレギュラー……？」

「トヨサキ・ショウイチロウはエッセンス・モデルの出力先として適性を有しない。しかしオイハマ・ミオを識別《しきべつ》し位相戦闘領域《ゾーン》に取り込んだ際、遺伝情報の近似性と、オイハマ・ミオと接触していた事から、同一個体と誤認した」

「……それは、前にも聞いたけど」

俺と澪は親戚――はとこ同士だ。遺伝子云々《うんぬん》というのならば確かに似ている部分は多いのだろう。確か遺伝子情報全体から見れば、個人差などというものは、本当に小さい――〇・一パーセント程度の違いなんだとか。俺と澪の間では、それが更に小さいという事なのだろう。

また俺と澪が最初に位相戦闘領域に取り込まれた際、俺と澪は手を繋いでいた。

遺伝子構造が非常によく似ている点と、この点、二つが合わさって――フー・ファイターは俺を『追浜澪の一部』と認識してしまったのだろう。

だが実際には、俺と澪は別の存在だ。

それが分かって――ひょっとして、こいつは俺を持て余しているのではないか？

「想定外因子たるトヨサキ・ショウイチロウは、記録に影響を及ぼす可能性が否定出来ない。だが既に記録番号４５９の戦闘は確定情報として統合判断機構《とうごうはんだんきこう》の中に組み込まれている。想定外因子トヨサキ・ショウイチロウを今現在から排除《はいじょ》する事は、統合判断機構全体の機能に影響を及ぼす可能性が否定出来ない」

「……日本語でしゃべれ」

俺はそう挑発してみたが、フー・ファイターは反応を示さない。

今喋っているのも、俺に説明しているというより、自身で確認しているだけ、のようにも聞こえる。こいつは大雑把に人の形をしてはいるが……俺と澪を一体だと誤認した事といい、やはり頭の中身からして、全く俺達とは違うモノなのだろう。

「想定外因子トヨサキ・ショウイチロウについては、端末体《たんまつたい》における判断を保留。現状維持《いじ》の為に位相戦闘領域《ゾーン》に取り込んだ上で、隔離《かくり》処置を施す」

「隔離だって？」

俺は伝染病患者か何かか。

まあとにかく……大まかなところは俺にも理解出来た。

フー・ファイターはエッセンス・モデルを戦わせて、記録を採る事が目的であるらしい。そして位相戦闘領域《ゾーン》も純然たる戦闘記録を採る為に、余計な要素が入ってこないようにする為のものである——と。

だが、そこに、その余計な要素そのものである俺が入り込んでしまった。

しかも澪が初めて空を飛んだあの戦い——フー・ファイターが言うところの記録４５９の戦闘は、既に記録として確定し、フー・ファイターよりも上位の存在に送ってしまった後、今さら『無かった事』には出来ない。

そもそもフー・ファイターは俺が本当に排除すべき『雑音』であるかどうかの判断もついて

いないのだ。恐らくそれはフー・ファイターの機能ではない。だからとりあえず戦闘機同士の戦いに余計なチャチャを入れないように、物理的に隔離しました……そんなところか。

俺は確信した。こいつは機械だ。

自動探査機のようなもので……俺達のような自我《じが》のある人間と、その思考はかけ離れてしまっている。フー・ファイターなりの行動基準があって、それに従っているのだろうが、俺には、それがひどい気紛れのようにも見えた。

かといって――その上に居るであろう、統合判断機構なるものは、尚更に何を考えているのか分からない。全てを理解するのは多分、難しいだろう。

やはり宇宙人の類なのか、この事態の原因となった奴等は？

それとも――

「……いや」

今は、そんな事を考えている場合ではない。

俺とフー・ファイターの周りには、プラネタリウムのように、緩やかに湾曲する壁面を使った巨大な表示画面《ディスプレイ》がある。映っているのは恐らく、この『戦場』の全景だ。

通信機も取り上げられてはいない。

ならば――俺のやる事は、一つだった。

✿

「……〈ヘルキャット〉」

後方の敵を視認して、海咲は呟いた。

聞き覚えのあるプロペラ音と、見覚えのある機体色。

敵の――機種毎に違う特性の把握《はあく》が、生死を分ける事も多いのだと海咲は知っている。だから彼女は、一度会った敵の性能については、必ず調べておくようにしていた。今はインターネットで検索を掛ければ、大抵の情報は手に入る。

しかし……

「まずい――かも」

零戦と〈ヘルキャット〉は、当然ながら機体としての特性が異なる。

低速での旋回性能に関しては零戦と〈ヘルキャット〉では比較にもならない程の差がある。

だからこそ大戦中――〈ヘルキャット〉の操縦士達には、零戦に対する場合には高速を活かした一撃離脱《いちげきりだつ》か、もしくは高速域での格闘戦を行うべき、という指示が出されていたという。

もしあの〈ヘルキャット〉が以前、海咲を追い回していた二人組の片方だった場合、零戦と戦って生き残ったという経験を積んでいる事になる。海咲や追浜澪の――零戦の運動性能も、感覚的に把握しているだろう。

ならば――自分からは、低速域での格闘戦を仕掛けてはこない。

後方から高速で接近してくる相手にとって、嫌な選択肢は何か？

相手は相当な速度だ。考えている時間は殆ど無い。

「追浜さん、速度を落として」

「えっ……？　でも、それじゃ……」

躊躇する澪。

それでは良い的になってしまう、というのだろう。

だが――

「いいから私に合わせて！」

海咲は急激に速度を落とす。

急速に詰まる、敵との距離。

零戦ならば当然、格闘戦に持ち込もうとする、だがそれに応じてはならない——相手はそう考えている筈だ。

案の定、敵はつんのめるようにして海咲達の前に飛び出していった。通過するその瞬間に銃撃を受けたが、相手は突然こちらが減速した事で、見越し角の取り方を誤ったのだろう——弾丸は海咲達に命中する事無く、近くのビルの壁面に着弾した。

敵は高速を活かして離脱しようとしている。

だが、まだ充分機銃の射程内。撃てる。

「……！」

海咲は右手に装着された二〇ミリ機銃の発射レバーを握り込んだ。

轟音と共に吐き出される銃弾の群れ。

しかし——当たらない。曳光弾《えいこうだん》は遥か彼方で、大きな山なりの弾道を描いて落ちていく。

やはり海咲の——零戦二一型に搭載された九九式一号機銃は、射撃に際して相当な熟練を——勘の良さを要する。放物線を描く弾道は、普通に狙っただけでは命中しにくい。概ね機体一つ分だけ上を狙うのがコツなのだが、咄嗟の事ではそれが難しいのだ。

「追浜さん、撃って！」

五二型搭載の九九式二号機銃は、威力も精度も大幅に改善されている。

彼女ならば当てられるかもしれない——そう考えての指示だった。

「でも……」

「撃ちなさい！」

海咲の叫びに一瞬、身を震わせつつも、銃口を掲げて射撃する澪。

全身に響く銃声の連続。曳光弾の描く弾道が吸い込まれるようにして敵に迫り——しかし当たらない。

「横滑り⁉」

〈ヘルキャット〉は機体を横滑りさせるようにして機動——澪の銃撃を避けていたのだ。やはり経験を積んでいるのだろう。手強い。

「ご、ごめんなさい、私——」

　澪が謝ってくるが、当たらなかったのは彼女が躊躇したせいばかりではないだろう。

　外したのではない。外されたのだ。

「翼に当てるだけでもいい。即死させなければ殺した事にはならない」

　海咲はとりあえずそう言った。

「え……？」

「私達の機体は破損した場合、フー・ファイターによって修理、いえ、リセットされる。生身の肉体部分も一緒。私が前回、翼を破損していたのは覚えてる？」

「あ……」

　澪が眼を瞬かせる。

「とにかく次は躊躇無く撃って！」

　海咲達と〈ヘルキャット〉の距離は急激に広がっていく。

　逃げる気か。

　しかし〈ヘルキャット〉は高速での格闘において零戦よりも優位である筈だ。なのに何故逃げるのか？　二対一を気にしているのならば最初から仕掛けてなどこないで、逃げの一手に終始している筈だ。

　海咲は増速して前方の性悪猫《ヘルキャット》を追った。

「追浜さん、ついてきて」

「でも、相手は逃げて……」

「いいから」

　ただ逃げているにしては様子がおかしい。何か企んでいる。

　だけど何を？

そう思った時――〈ヘルキャット〉が高速を保ったまま急旋回するのが見えた。
「しまった！」
高速でなら〈ヘルキャット〉は零戦と同等以上の旋回性能を持つ。
即ち――

✿

高速を保ったまま、急旋回。

猛烈なGが全身を襲う。下手をすれば自分の機体《からだ》が破壊されかねない無茶な機動――だがそれが、今は必要であり、何より充実感があった。

超高速を御する。それは快楽。

「……〈ゼロ〉と何度かやり合って、分かった事がある」

アンジェリーナは自分に言い聞かせるように呟いた。

「低速域での小回りは向こうが上。口惜《くや》しいけど、それは認めざるを得ない。でも、最高速と、高速での旋回性能はこちらが上」

翼越しに後方を振り返り――健気《けなげ》にもこちらを追尾してくる二つの標的を確認。

アンジェリーナは小さく頷く。

サムライ・ガール達は、こちらの思惑に乗ってくれているようだった。

「それなら、小さくステップを踏んでいる奴に付き合う必要はない。こっちはすれ違いざまにぶん殴ってやるだけよ」

✿

相手が急旋回して高度をとるのが見えた。

だが、澪はどうしていいか分からないまま

――旋回を続けるしかない。やはり経験の差が如実《にょじつ》に出ている。幾つかの基本的な戦法は、機体の操作法と同様、頭の中に入っているが、それを選択し、使う為の機会《タイミング》を測る事が出来ないのだ。

後ろから追い抜きざまに撃ってくる相手に、澪も撃ち返そうとするものの……相手が速すぎて捉えきれない。海咲に散々注意された『見越し角』の計算もろくに出来ない。散発的な銃撃は、無意味に虚空を灼いて消えるだけだった。

速度に乗った〈ヘルキャット〉は上昇し――更に後方へと回り込んでくる。

「零戦の方が空中戦では強いって……将にぃが言ってたのに……！」

澪は、悲鳴じみた声で泣き言を漏らす。

機体《からだ》が重い。限界まで速度を出しているからだろう。

だが、そうしないと、あの敵機の動きにはついていけない。

今の澪は、ただ〈ヘルキャット〉に翻弄《ほんろう》されているだけの状態だった。

時折、交叉《こうさ》する轟音と銃火。

翼越しに振り返って見れば、海咲が澪を援護する位置を飛んでいるのが見えた。七・七ミリ機銃で牽制《けんせい》を仕掛けているのも彼女だ。お陰で未だ〈ヘルキャット〉は決定的な一撃を澪に撃ち込めないでいる。澪一人であったならば、とっくに勝負はついていただろう。

しかし――

「――ッ！」

再び〈ヘルキャット〉が斜め上方から突っ込んでくる。

その翼から一二・七ミリ機銃の薬莢を虚空にばら撒きながら。

翼の下にまとう黄金色の煌めきが美しい。美しいが、しかしそれは命を刈り取る死神の美しさだ。魅入られれば次の瞬間に、全てが終わる。

「ひっ――」

短く悲鳴を上げる澪。

〈ヘルキャット〉は――銃撃のみならず、その飛び方そのものから、殺気が滲んでくるかのようである。

必死に飛びながら澪は――最早《もはや》、認めざるを得なかった。

あれは『敵』で、自分達がしているのは殺し合いだ。『敵』は自分を殺しに来ていて、身を守る為には戦わねばならない。そして、最も確実な自己防衛の手段は、脅威の根本的排除――相手を殺してしまう事だった。

向けられる殺気に、全身が冷える。

「…………ッ！」

限界まで待って――相手が撃ってくるその瞬間に、急旋回。

つんのめった敵機に銃を向けて撃つが、当たらない。海咲の銃撃も同様だ。

相手は零戦の性能をよく知っている。先に澪を墜としに掛かったのも、より基本性能に優れた新型だと見抜いたからだろう。

だが、新型とはいえ、所詮《しょせん》は『新人《ルーキー》』の澪には、打つ手が無かった。

「将にぃ――」

澪は縋るようにして、はとこの名を呼ぶ。

急降下で速度を増した敵が、また上昇するのが視界の端に見えた。

何度こんな事を繰り返したか。何度これから繰り返すのか。

澪にとって、これは悪夢そのものだ。

多分――終わる時も、悪夢同様に、一瞬の事なのだろう。そろそろ、澪の気力も集中力も限界に来ていた。

✿

眼の前に開いた『窓』の中で、澪が敵に翻弄されている。

敵のエッセンス・モデルは〈ヘルキャット〉だ。英語で『性悪女』の意味を持つ、零戦の天敵。この戦闘機が一撃離脱を決め込んだ場合――零戦の勝てる確率は、桁《けた》違いに下がる。

確か記録上の撃墜比率《キルレシオ》は、十九対一……零戦が二十機墜とされる中でようやく〈ヘルキャット〉を一機墜とせるかどうかだ。

「くそっ……史実通りか……」

俺は呻いた。

だが史実通り――フー・ファイターの澪達に焼き込んだエッセンス・モデルが、かつての戦闘機の忠実な性能的再現なのだとしたら、必ずしも絶望せねばならない訳では、ない。

確か、零戦と〈ヘルキャット〉が一騎打ちを行い、双方弾薬を射ち尽くして引き分けた事例もあった筈だ。

そう。性能差は所詮、要素の一つでしかない。かつての戦績も、ただそれだけの記録だ。例外は常に起こり得る。

戦闘機は、操縦士も含めて一つの存在だ。単純な機体性能だけを比較して勝敗を完全に予測する事は出来ない。圧倒的不利を個人の力量や戦術が覆《くつがえ》す事もある。

ならば――

「零戦が〈ヘルキャット〉に勝っている事……」

俺は自分の知識を改めて脳裏に並べていく。

エンジン出力。圧倒的に不利。

最高速度。これも不利。

機体の軽さ。これは零戦に利がある。

機体の頑丈さ。これは零戦が不利。

この事から導き出される答えは、結局、低速での格闘戦に持ち込むしか手がない、である。

だが、それだって敵は承知の上の筈だ。

では、どうする？

考え直せ。考え直せ。

手詰まりに見えた時でも、一歩下がって考え直せ。それで足りなければ二歩でも三歩でも。

人間は簡単に視野《しや》狭窄《きょうさく》を起こす。至極簡単な解決先が自分のすぐ横に転がっているのに、そちらを見るという事が思いつけなくなる――

「……そうか」

俺の脳裏に、一つの状況打開案が閃いた。

⚙

一体――何度、旋回を繰り返した事だろうか。

澪はその間にも何度となく銃撃を受けていたが、未だ一発も直撃を喰らってはいなかった。

澪自身の持って生まれた強運のお陰か、それとも単に後方を飛んでいる海咲の援護が優秀なのか。恐らくはその両方だろう。

だが、それとて永遠に続くものではない。

必死に飛び続けていた澪は、意識が朦朧《もうろう》とし始めるのを感じていた。

その時――

『澪、聞こえるか？　澪！』

「将にぃ……！」

澪の意識が輪郭を取り戻す。

彼女はヘッドセットを介して将一郎へ必死に

訴えた。

「どうしたらええの？　どうしたら――」

『澪、落ち着いて聞いてくれ』

将一郎は殊更に低い声でそう言ってきた。

『なるべく低空を――建物を縫うように飛ぶんだ』

「え……？」

己の耳を疑う澪。

敵は、彼女よりも圧倒的に速いのだ。なのに、わざわざ速度を落として低空を飛ぶなど――自殺行為そのものではないか。

「それじゃ速度が出ぇへん！　墜とされてまう……！」

『大丈夫だ。俺を信じろ』

澪の台詞を押さえ込むように、強く将一郎は言った。

「…………」

『それと、霞ヶ浦さん。君は澪の後ろを離れて右へ旋回してくれ』

『右？　駄目、それでは彼女が丸裸に――』

『いいから――俺を信じろ！』

将一郎が怒鳴った。

「…………」

澪は後方を振り返ると――海咲と眼が合った。

彼女は、珍しく困惑《こんわく》の表情を浮かべていたが……

「……将にぃ」

改めて彼の名を呟くと、すっと何かが晴れる感触があった。

自分でも驚く程にあっさりと覚悟が決まる。

「分かったよ。将にぃ」

澪は無線で将一郎に向けてそう応じた。

将一郎があそこまで言うのだ。きちんとした勝算があるに違いない。ならば澪としては無心にそれを信じて従うだけだ。いつだってそれで上手くいってきたのだから。

「…………」

海咲が下を指さし、頷く。

分かった、行け、という合図だろう。

澪は海咲に対して手で合図を返し、左に捻り込みながら降下に移った。

一方で海咲は上昇しつつ——右旋回に入る。

編隊を組んで飛翔していた二人の少女は、左右に分かれて飛び始めた。

✿

加速する。自分自身の持てる力を最大に引き出して——飛ぶ。

その先に、無力な獲物が居た。

追いついて、力一杯、ぶん殴る。それだけでいい。結局は速い者が勝つ。それだけの至極、簡単《シンプル》な道理。彼女の望んだスピードの世界。

「ふふっ……」

アンジェリーナは、零戦五二型を片付けることに夢中だった。

練度としては二一型の方が上のように見えたが、まずは五二型を墜としてしまうべきと判断した。二一型とは、その後でじっくりと遊んでやれば良い。

細かく左右に機体を揺すって、何とかアンジェリーナからの銃撃を躱《かわ》している五二型だったが……さて、その小細工もいつまでもつか。

ふと見れば——五二型の後方で援護をしていた二一型の姿が無い。

諦めて、仲間を見捨てて逃げたのか。

それとも——

「まあいいわ。まずはこちらを墜とす」

アンジェリーナは眼の前の獲物に集中した。

五二型は市街地のビルの間を、すり抜けて飛んでいく。

複雑な機動だが、だからこそ直線距離での加速が足りない。低空である事も加わり、次第に距離が近付いてくるのが分かった。

やはり、こちらの練度は低いようだ。

「これなら追い詰められる……！」

アンジェリーナは眼を細めて呟いた。


立ち並ぶビルを掠《かす》めるようにして――逃げる、逃げる、逃げる。

建築物を盾にして、敵の射線から逃げる。低速かつ低高度だからこそ出来る方法だが、使えるのはほんの少しの間だけだ。相手が高度をとって上から急降下、重力加速を用いた高速で一撃離脱戦法をとれば、こんな小細工は途端に無意味に堕《だ》する。

敵は……じりじりと間を詰めてくる。

低速域では零戦の方が敵より有利なのは事実なのだが――それとて絶対ではない。機体の特性による差を、技術の差で埋められてしまっている状態だった。

「将にぃ――もう、私……！」

『もう少しだ、もう少しだけ頑張れ、澪！』

将一郎の言葉を信じて、ただ闇雲に逃げ続ける澪。

再び意識が朦朧とし始める。眼の前にビルの壁が近付いてくれば、殆ど反射的に旋回をするだけで――右に逃げているのか左に逃げているのか、それすらもう分からない。

しかし……

「――ひッ⁉」

首筋を氷で撫でられたかのような感覚。

殺気だ。振り返れば僅か数十メートルの後方に〈ヘルキャット〉の姿が見えた。

「もうダメ………！」

絶望に身が竦む感覚を覚えつつも――最後の悪足掻《わるあが》きで、旋回。視界の端で、敵機の銃口が真っ直ぐ自分を向いているのが見えた。

今度は当たる。当てられる。当たってしまう。

――今此処で自分は、死ぬ。

そんな負の確信が、澪を支配する。

そして――

『追浜さん、離脱ッ！』

無線越しの叫びと同時に、銃撃の断音《スタッカート》が轟《とどろ》いた。

だが銃弾が澪の身体に食い込む事は無く――

代わりに、〈ヘルキャット〉の翼から破片が飛び散るのが見えた。

一体何が……？

煙を噴きながら高度を落とす〈ヘルキャット〉の背後から、海咲の白い機体が現れたのは次の瞬間である。

「霞ヶ浦先輩⁉」

澪は驚きと喜びに裏返った声で、そう叫んだ。

✿

将一郎の読みは見事に的中した。

彼の言葉を疑いながらも、他に打開策の無かった海咲は、右に旋回――一度高度をとってから再び左に旋回降下。するとそこには建物の間を縫うように飛ぶ澪と、彼女に襲い掛かろうとしていた性悪女《ヘルキャット》の姿が見えた。

全て、将一郎の指示に従った結果だ。

正直――

「――何かの冗談みたい」

こんなに簡単に敵の後ろをとれるとは、思ってもみなかった。

敵は完全に澪を追う事に気を取られていて、後ろを振り向く事すら無かった。勿論ビルの間を飛ぶ澪は、一瞬でも眼を離せば見失う可能性があったからこそ、それは敵にしても当然の行動だったのだろうが。

そして澪は左へ左へと逃げ続ける。

低空で飛び続ける澪を追い続けた結果――必然的に格闘戦に持ち込まれているという事に、敵は全く気付いていなかった。

「でも追浜さん――癖は相変わらずね」

洋上訓練中にあれだけ『左にばかり回ってい たら動きを読まれる』と将一郎から注意され、海咲にも警告されていたというのに。けれど今回はそのお陰で実行出来た作戦のようなものだ。

距離にして百メートルを割った。

だが未だ。未だ早い。未だ遠い。

もっと肉迫して確実な一撃を送り込む。

光る照準環一杯に敵の姿が見えてくる。

そして――

「追浜さん、離脱ッ！」

海咲は機銃の発射レバーを握り込む。

腹部に響くような重低音の連打。

充分に接近した事に加えて、じっくりと狙いを付ける事が出来た。この条件ならば精度に多少難のある一号機銃でも、命中は必至――狙い通り、次の瞬間、敵の機体から破片が飛び散るのが見えた。

だが――墜ちない。

さすがは防弾装備の塊とも言うべき〈ヘルキャット〉――二〇ミリでも一発や二発の命中で

は葬り去る事は出来ないようだった。あるいは命中したのは主翼や尾翼の翼端だったのか。

いずれにせよ……

「逃がさない」

じりじりと距離を引き離されつつも、海咲は、弾が無くなるまで射撃を続けた。

✿

「…………うまくいった」

わざわざ口に出して呟いたのは、自分でも正直、信じられなかったからだ。

澪や海咲に『俺を信じろ』などと偉そうな事を言ってはみたものの、あれは彼女等を戦闘に集中させる為であって、俺自身、絶対確実に勝てるなどとは思っていなかった。

そもそも俺の立てた作戦は、ひどく単純なものだった。

一機を囮《おとり》にして敵を食いつかせ、もう一機が回り込んで後ろから攻撃。

ただそれだけの、作戦と呼ぶのもおこがましいようなものだったが——これが見事にはまってくれた。

元はといえば、これは零戦に対抗すべく、米軍が編み出した戦法である。

それをこの二十一世紀に、零戦のエッセンス・モデルを出力された二人が〈ヘルキャット〉のエッセンス・モデルを相手に実行して勝った。皮肉な話だ。

ただ——それでも〈ヘルキャット〉は優秀な戦闘機だ。

その最高速度と徹底《てってい》した防弾装甲の前には、零戦も苦戦せざるを得ない。海咲は執拗に銃撃を繰り返していたが——結局、撃墜には至らなかったようだった。

「結局最後は、エンジンの出力がモノを言う――か」

単純な最高速度勝負では、零戦は〈ヘルキャット〉に勝てない。

だがこれは……認めたくはないが、戦争なのだ。

そして戦争は、過程がどうあろうと生き残った者が勝者である。

俺の指示に従ってくれた澪と海咲は見事に逃げ切り、生き残った。

今日の戦いの勝者は間違いなくあの二人だ。

だから俺は――尚もフー・ファイターの前で磔にされたまま、二人に掛けるべき労《ねぎら》いの言葉を頭の中で探していた。

✿

「たすかったの……かな？」

澪は、海咲が敵に追撃を仕掛けるのを眼で追いながら上昇する。

海咲の撃った二〇ミリ弾と七・七ミリ弾は何発か命中したようだったが、〈ヘルキャット〉を撃墜するには至らなかったらしい。敵機は射程外に逃れ、更に遠ざかっていくのが見えた。

「もう大丈夫やね……？」

誰に言うでもなく呟く澪。

さすがに、実は敵も二機いました……という事は無いだろう。あの〈ヘルキャット〉が損傷して逃げたのならば、戦闘は終了したも同然である。

「………」

澪は、改めて眼下の街並みを見下ろす。

ビルがびっしりと密集している東京の姿は、何か、迷路のような、回路図のような、複雑怪奇さを見せている。あまり眺めていると頭痛がしてきそうだった。

「あんな所、よく飛べたなぁ……」

飛ぶ事は好きだ。それはこの機体《からだ》になって叶えられた夢の一つだった。

だが、実際に飛べるようになって、その夢に幾つもの実感が伴うようになった。時速数百キロで飛行する身にとって、空気抵抗は無視出来るものではなく——むしろ水を掻いて進んでいるかのような感覚すらある。まして高層ビル群は、ただそこにあるだけでも危険である。接触すれば墜落は必至、激突すれば即座に死をもたらす脅威そのものだ。

銃弾に追われながら、高層ビルの間を高速で逃げ回るなど……冷静になって考えれば、狂気の沙汰である。

その事実に、改めて澪が戦慄していると——

「エッセンス・モデル〈ヘルキャット〉11の破損、撤退行動を確認。以上の要件を以て記録番号473の戦闘終了を認定」

いきなり澪の頭上に、青白い円盤が現れてそう告げてきた。

言うまでもなくフー・ファイターだ。

「記録番号473の戦闘における情報収集を終了する。位相戦闘領域《ソーン》を閉鎖《へいさ》」

「それって——今回の戦いは、終わったって事？」

多分、返事など無いだろうと思いつつも澪は訊ねてみた。

「肯定する」

意外にもフー・ファイターは反応してきた。

しかも――

「隔離していた想定外因子トヨサキ・ショウイチロウを、オイハマ・ミオの外部独立端末と認定――解放する」

そんな言葉と共に、月の如く天空に浮かんでいた巨大な球体から、小さな――直径二メートル程度の光る球体が分離する。

それは、まるでシャボン玉のように浮遊しながら澪の方へと漂ってきて――弾けた。

「将にぃ⁉」

驚きの声を上げる澪。

中から現れたのは将一郎だった。

まるで重力に逆らうかのように空中を漂う彼の処に、文字通り澪はすっ飛んでいく。

その間にも頭上には鏡映しの東京が出現し、重力の方向が逆転し始めた。

まるで深い水底に居るかのように、澪の長い黒髪が緩やかに揺らぎ、差し出した両手に将一郎の身体がすっぽりと収まる。腕と翼に彼の重みが伝わるのを感じながら、澪は将一郎に笑いかけた。

「将にぃ」

「ああ、澪、お疲れ――」

「これってお姫様抱っこやね」

「…………」

一瞬、将一郎はきょとんとした表情を浮かべていたが。

「男女あべこべやろ」

顔をしかめてそう言ってきた。

若干、頬が赤いのを見ると――少し照れているのかもしれない。

「私達……その」

澪は躊躇いながらもその言葉を口にする。

「『勝った』んかな……？」

将一郎や海咲が言うように、相手を撃墜する事は、出来なかった。

そして『敵』を殺さずに済んでほっとしている自分が居る事も自覚していた。澪は戦ったというよりもただただ、逃げ回っていただけだ。

しかし——

「大勝利だろ」

将一郎は笑顔でそう言った。

「三人共、生き残れたんだからな！」


位相戦闘領域《ゾーン》が閉鎖されると——しばらくの時間をおいて、街は通常の姿を取り戻す。

海咲の経験では、おおよそ三分程度らしい。

「これは……」

俺はふと近くのビルの壁面に組み込まれた電光掲示板に眼をやって……そこに表示されている時刻と、自分が腕に巻いている時計の示す時刻とに半時間近いズレがある事に気付いた。ちなみに俺の腕時計はハミルトンのカーキ・シリーズ〈パイロット〉——クオーツだが電波時計ではない。

念の為にと、ネットワーク経由で時刻を更新するスマートフォンの表示を見ると、電光掲示板のそれと同じである。俺の〈パイロット〉だけが進んでいるのだ。

つまり……この通常の世界では、位相戦闘領域が展開されている間、時間が進んでいない事になる。

フー・ファイターの能力は、空間のみならず時間にも干渉《かんしょう》出来るという事か。

それとも空間干渉の結果として生じる副作用のようなものなのか。

いずれにせよ――

「洒落にならねえな……」

呆然と立ち尽くしている俺達の周りで、世界はいつもの様相を――喧噪《けんそう》を取り戻していた。

歩道や店先には人が行き交い、車道にはひっきりなしに車が通り過ぎていく。

完全に、俺達の見慣れた日常がそこに戻ってきていた。

「……信じられない」

そう呟いたのは、俺の隣に立っていた海咲である。既に彼女は澪と同じ濃緑の制服姿に戻っている。

「信じられないって……何が？」

彼女らしくない、何処か感極まったような物言いに、俺はそう訊ねる。

街の風景を眺める彼女の横顔には、確かに驚きの色が滲んでいた。


「〈ヘルキャット〉に勝てた事。それも、こちらに損害を出す事なく」

「そうだな。よく頑張ったよ、澪も、君も」

本当に俺はそう思う。

澪だけでは殺されていただろう。

そして多分――海咲だけでもだ。

二人がそれぞれに頑張った上で、連携出来たからこそ、勝てた。

彼女達はそれを誇って良いだろう。

しかし……

「私達だけなら負けていた」

そう言って、海咲は俺の方に眼を向けてきた。

「貴方《あなた》が居たから勝てた」

「俺？　いや、買い被りだよ、俺は――」

「そうだよ。将にぃの作戦勝ちだよ」

そう言ってくるのは澪である。

「あー………」

俺は曖昧に声を漏らして、頬を掻いた。

彼女等があまりにも手放しで褒めてくれるので、俺としては『実は半信半疑だった』とは言いにくい。考えた末に出した最善の方法だったのは間違いないが、ただ本で読んだだけの知識を用いただけで——実戦で使った経験がある訳でも無かったのだ。

「まあ……とにかく生き残れたよな。生き残れば勝ちだ。うん」

確かに今日は勝てた。

澪も海咲も俺も、死ぬ事は無く、傷つく事も無く。

それは、だが勿論、俺だけの力ではないし、澪だけの、あるいは海咲だけの力でもないだろう。一人よりは二人。二人よりは三人。仲間が居れば、少なくとも採れる戦術の幅は広がるし、負けにくくもなるだろう。

しかし——

「でも、これで終わりじゃないんだよな？」

「……そうね」

俺の言葉に海咲が頷く。

他人と連《つる》む趣味は無い——そう公言する彼女が、次も一緒に戦ってくれるかどうか。訓練は一緒にしてくれたとしても、いざ戦いになれば足を引っ張りかねない澪と組むのは嫌だ、と言い出してもおかしくはない。

しかし……

「本当——そう。これで終わりじゃない」

ふと海咲が口元を緩める。

そういえば——彼女の笑顔を見るのはこれが初めてだった。

薄く、小さく、しかしその笑顔は歳相応に可愛らしくて——

「だから、よろしく」

そう言って海咲は俺に右手を出してくる。

「…………」

一瞬、躊躇してから――俺は、彼女の手を握った。

白くて、細くて、柔らかくて……そして何よりも温かい手だ。

「私達の指揮官殿」

海咲は澪の方を一瞥してそう言った。

ああ……そうくるか？　確かに今回の戦いでは俺が二人を指揮したようなものだが。

妙に照れ臭い気持ちを覚えつつ、それを押し隠して俺は頷いた。

指揮官ならば堂々としていなければ。戦士達が当然の如く従い戦えるように。

「こちらこそ」

そう言って――俺は、澪にも眼で促して海咲の手を握らせた。

俺達は互いに互いの手を包み込むようにして握り合う。

それは、俺達がようやく真の意味で、仲間になれた瞬間だった。


意識が朦朧として、状況が掴めない。

グラマンF6F〈ヘルキャット〉のエッセンス・モデルの一人アンジェリーナ・テイラーは、ぼんやりと白い虚無を眺めていた。

「…………私……は……」

一番最後の記憶は、位相戦闘領域《ゾーン》を出た直後のものだ。

二発の二〇ミリ機銃弾を受けて、大きく損壊していた上に、逃げる為に全力を振り絞ったアンジェリーナは、既に機体《からだ》がいつ分解してもおかしくない状態だった。位相戦闘領域が解除され、世界の重力が逆転するその瞬間、アンジェリーナの意識は途切れた。

あの瞬間——自分は、死んだのではなかったか？

最後に耳にしたのは自分の機体／身体が割《さ》ける音だったようにも思う。

もしエッセンス・モデルを展開した状態でなく、生身であの二〇ミリを喰らっていたならば、その時点でばらばらになっていた筈だ。逆に言えば——エッセンス・モデルとしての状態を維持出来なくなった途端に、アンジェリーナ・テイラーという少女の身体は四散してもおかしくはなかったのである。

「……どうなっ……て……？」

ふと視界の端に何かが見えた。

殆ど身体は動かない。身体の感覚そのものが無い。

だが眼だけは動かす事が出来たようで、ゆっくりと視界が横を向いていく。

そこには——

「………⁉」

アンジェリーナは短く悲鳴を上げた。

そこには死体が転がっていた。死体としか言いようが無かった。

何故ならそれは半分だったからだ。頭が無い。右肩が無い。右胸が無い。左肩から右脇腹《わきばら》——そこを結ぶ一線で引き裂かれた人体の下半分が転がっている。白い裸体に、その形に、アンジェリーナは見覚えがあった。

当然だ。自分の身体なのだから。

つまり——

「エッセンス・モデル〈ヘルキャット〉11の破損状況を確認」

不意にそんな声が、アンジェリーナの上に降ってくる。

聞き覚えのある声だった。

フー・ファイター。

だが——

「復元作業開始」

青白い光が集まっていく——首の無い身体に。

その様子を、アンジェリーナは呆然と見つめていた。

多少の破損をしても、完全に破壊されていなければ——未だ意識があれば、フー・ファイターがエッセンス・モデルを回収して修理するという事は、アンジェリーナも知っていた。実際、二ヶ月前の戦闘でも、アンジェリーナは修理を受けている。フー・ファイターがどういう理屈で少女達にエッセンス・モデルを与えているのかは分からないが、とりあえずアフター・サービスはそれなりに充実しているのだと、アンジェリーナは思っていたのだ。

だが、アンジェリーナは理解していなかった。

フー・ファイターは人間の理屈で動いているわけではないという事を。それがどういう結果をもたらすのかという事を。

その行動は、人間の常識に当てはまらない。

「……わた……し……は……」

フー・ファイターは光る球体を少女達の身体に埋め込んで、エッセンス・モデルとしての全てを焼き付ける。いわばその光る球体は、エッセンス・モデルの核《かく》であり、鋼鉄の熾天使達にとっての心臓に等しい。

では……もし。

エッセンス・モデルの少女が、何らかの形でその身を引き裂かれ、脳と、心臓が別々になってしまった場合。

フー・ファイターが回収し、修理する対象は、果たして、どちらになる？

「……ちがっ……わたし……は……こっ……」

乾いた唇が必死に言葉を紡《つむ》ぐが、フー・ファイターからの反応は無い。

緩やかに閉ざされていく視界の中で、首無しの死体に頭蓋骨《ずがいこつ》が形成され、眼球が填まり、筋肉が被せられていくのを……アンジェリーナはただ、見ている事しか出来なかった。

〈つづく〉

あとがき

どうも、軽小説屋の榊です。

新作『熾天使空域《セラフィム・ゾーン》　銀翼少女達の戦場』をお届け致します。

本作は萌《も》えミリであります。萌えミリです。しかも兵器擬人化《ぎじんか》。いいですよね。華奢《きゃしゃ》で柔《やわ》らかな美少女と、鋼鉄《こうてつ》の兵器、両極端の奇跡《きせき》の融合《ゆうごう》！

私もオタクの端《はし》くれ、以前から注目していた分野ではありますが、どうもニッチな印象が強いみたいで、ラノベでは提案しても却下、のパターンが多かった類《たぐい》の企画でもあります（まあ萌えミリは絵というかデザインありきですからね）。しかし最近の流行のお陰《かげ》で、企画が通り易《やす》くなりました（笑）。色々な方面に感謝。

いや、厳密にいえば本作では「擬人化」ではないですけれども（むしろ普通の娘さんの兵器化）、それはさておき。

萌えミリを書くのは挑戦したいジャンルでありましたが、問題が一つ。

自分もガンマニアなので各方面のマニアやオタクの気持ちはよく分かるんですが、「多少かじった程度の生半可な知識で挑戦《ちょうせん》すると袋叩《ふくろだた》きにあう」ジャンルでもある訳で。まあ訳知り顔で『44マグナムを撃つと肩の骨が外れる』とか書いている小説や漫画見たら私もへにょるので当然ですが。

問題はどこまで理解と知識を積み上げればいいのかの、明確な一線が無い事。

なのでどうしたもんかと思っていたら、文明の利器ツイッター（笑）から助けの船が。

松田未来《まつだみき》さんは、『極光ノ銀翼』『SWIFT!』等、飛行機漫画を数多く描いておられる上に、リノのエアレースまで見に行っちゃう筋金入りの飛行機マニア。萌えミリの牙《が》城《じょう》ともいうべき「MC☆あくしず」等でも活躍されている方です。「松田さんに飛行機描写とか監修してもらえたら書けるんですけどねえ」と冗談《じょうだん》半分に話をしていたら、驚いた事にOKが出まして。

そういう訳で、本企画が通る事と相成りました。

松田さんと、この企画を通してくださった担当さんに感謝。

そういう訳で、本作は原案レベル（世界観や機種選定、ヒロインの基本設定、いくつかの飛行機描写）については松田さんの御意見、御提案をいただきつつ、萌えミリ系では流されがちな『ガチのシリアス』をあえてやる、という方向を松田さんと合意――私がキャラクター等を小説用に作り直して、お話を組み立てました。

勿論、ガチのシリアスでありながら、萌えの部分はおろそかにできないという事で、挿絵も、ぷにな女の子を描かせたら天下一品な上、何度も組ませていただいて安心感のあるBLADEさんに決まり、私としては万全の態勢で挑ませていただきましたですよ。

さて、その出来はいかに。読者の方々に楽しんでもらえるとよいのですが。

本作は一応、最低三冊の刊行を予定してプロットを立てておりますが、読者の方々に最も良い形で楽しんでいただける様、臨機応変《りんきおうへん》に伸びたり縮んだりすると思いますゆえ、是非《ぜひ》とも応援いただければとおもいまする（笑）。いやマジで。

２０１５／２／１８　　榊一郎

あとがき

はじめまして、漫画家の松田未来と申します。

おそらく読者の皆様には初めて聞く名前であることに自信のあるマイナー作家でございますが、縁《えん》あってこのたびの榊先生の小説に関わらせていただくことになりました。

　過去のやりとりを確認すると、この企画のきっかけになったやりとりは2013年の11月ぐらいですね。正式に仕事として打ち合わせしたのは翌年の1月です。

　元々擬人化ネタは「MC☆あくしず」の連載でもやっていて、これを別の方向に膨《ふく》らませることも出来そうだなと考えていたのですが、抱えている連載の方で手一杯で、僕一人ではなかなか形になりませんでした。

　それをこういった形で実現に導いていただいた榊先生と中央公論

特別公開!

松田先生のキャララフ!

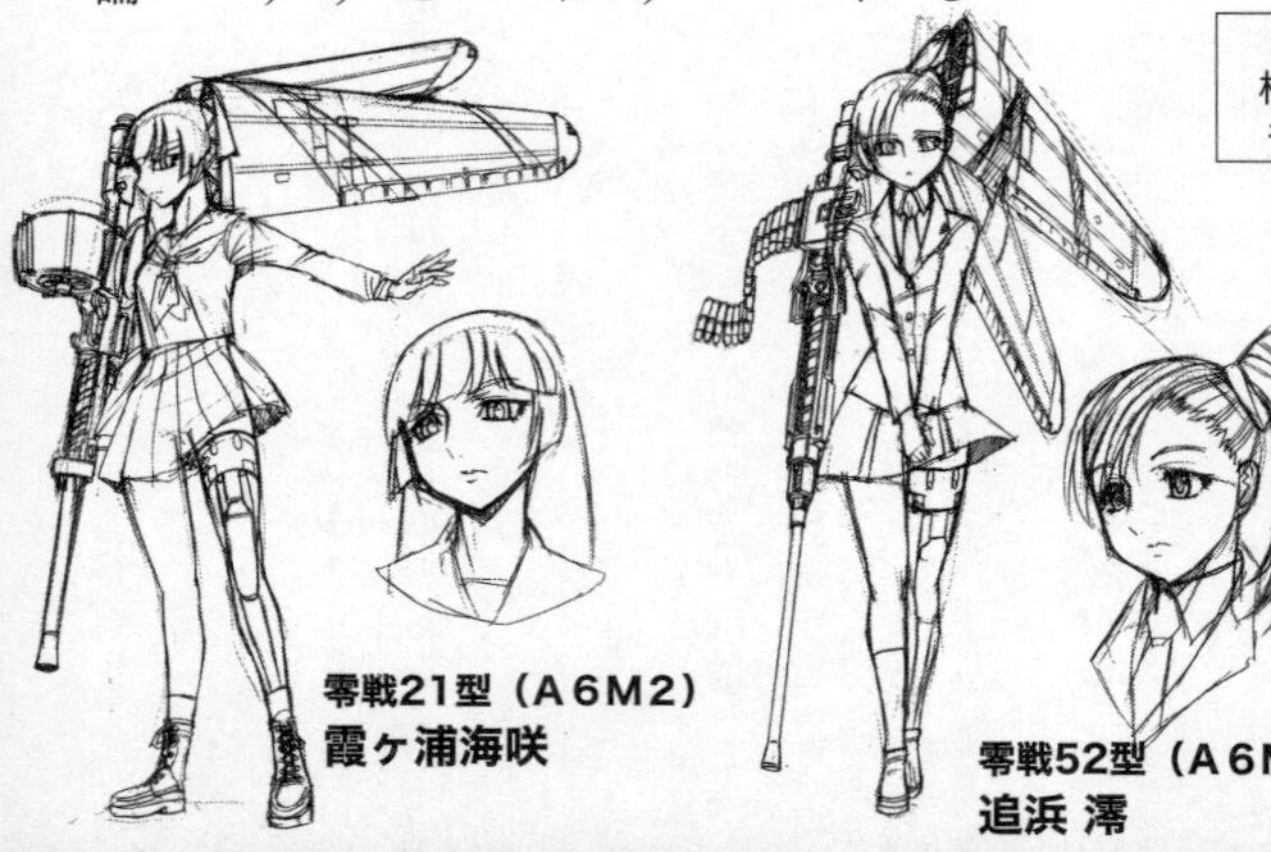

新社の編集さんにはこの場を借りて感謝を申し上げます。

今はすっかり市民権を得たようにみえる「萌えミリ」ですが、創生期の扱いはそれはそれは酷いものでした（笑）それを覆《くつがえ》したのは、可能性に挑戦した先達《せんだつ》のおかげです。

先駆者が開墾《かいこん》した土地にどんな花を咲かせるか、それを念頭に置きつつ榊先生と煮詰めていったのが本作です。新鮮な切り口と受け取っていただければ嬉しいです。さらに、僕のいいかげんなラフデザインを見事に昇華してくださったＢＬＡＤＥ先生のイラスト無しにはこの小説は成立しませんでした。あらためて御礼申し上げます。

実は、澪と将一郎の関係にはとある国民的漫画家の某作品の影響大です。そんなところも含めて榊先生の続刊もご期待ください。きっと色んな国の戦闘機を上書きされた少女たちが乱舞するはずです。

……しますよね？

松田未来

F４U〈コルセア
ベアトリクス
アンダーウッ

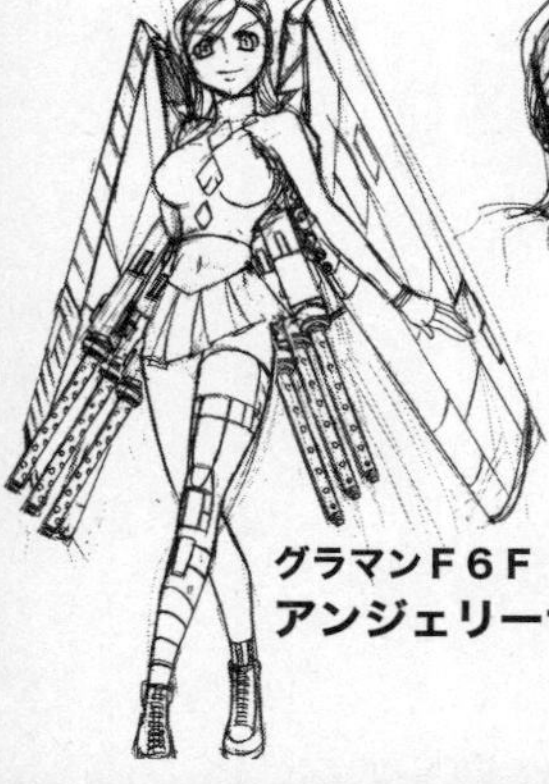

グラマンF６F〈ヘルキャット〉
アンジェリーナ・テイラー

ご感想・ご意見をお寄せください。

イラストの投稿も受け付けております。

なお、投稿作品をお送りいただく際には、編集部
(tel:03-3563-2242、e-mail:cnovels@chuko.co.jp)

まで、事前に必ずご連絡ください。

C★NOVELS Fantasia

熾天使空域《セラフィム・ゾーン》
——銀翼少女達《ぎんよくしょうじょたち》の戦争《せんそう》

2015年3月25日　初版発行

著　者　榊《さかき》　一《いち》　郎《ろう》

発行者　大橋善光

発行所　中央公論新社
〒104-8320　東京都中央区京橋2-8-7
電話　販売 03-3563-1431　編集 03-3563-2242
URL http://www.chuko.co.jp/

DTP　ハンズ・ミケ

印　刷　三晃印刷（本文）
大熊整美堂（カバー・表紙）

製　本　小泉製本

Published by CHUOKORON-SHINSHA, INC.
Printed in Japan　ISBN978-4-12-501336-7 C0293

mgmg!《もがもが》
先輩と俺の悩ましき日常

葦原青

「あなたは今日から魔法使いになりました♪」高校受験当日、春親の人生はこの言葉で一変した。その後、魔法学校に《強制入学》させられ、無駄に美少女な先輩たちに囲まれた春親の運命は⁉

ISBN978-4-12-501215-5 C0293　900円

カバーイラスト　さくらねこ

僕の巫女ばーちゃん?

葦原青

危篤のはずだった曽祖母が若返り、一緒の高校に通学することになった聖太。だけどそこから周囲で怪現象が起こり始め？「僕の曽祖母は巫女で美少女の高校生になりました……だと⁉」

ISBN978-4-12-501290-2 C0293　900円

カバーイラスト　片瀬優

聖刻群龍伝
龍虎の刻1

千葉暁

《ロタール帝国》の崩壊から７年。デュマシオンは《新連邦》の元首として采配を揮う。一方、エリダーヌは《第二帝国》を名乗り、皇帝レクミラーにかわる勢力が……。最終章、ここに開幕！

ISBN978-4-12-501013-7 C0293　900円

カバーイラスト　三好載克

聖刻群龍伝
龍虎の刻2

千葉暁

覇権を求め挑発を続ける《第二帝国》皇太子クロムリー。盟友を失いながらなお懸命に平和を模索する《新連邦》首席デュマシオン——大陸を二分する両雄の下、新たなる《龍の仔》が胎動する！

ISBN978-4-12-501074-8 C0293　900円

カバーイラスト　三好載克

表示価格には税を含みません

聖刻群龍伝
龍虎の刻3

千葉暁

陽光に煌めく鋒を手にしたエリダーヌの《ドライドン黄金騎士団》が近づいてくる。これより先、スクナーはわずかな味方とともに絶望的な闘いに身を投ずるのだ。『聖刻』満を持しての再開！

ISBN978-4-12-501279-7 C0293　900円　　カバーイラスト　三好載克

聖刻群龍伝
龍虎の刻4

千葉暁

《蛮人王》軍勢に連邦派遣軍敗北――この報に皇太子妃排斥派は勢いづく。だがスクナーは華やかな装いに身を包み舞踏会に出席、皇太子クロムリーの手が差し出された。連続刊行第２弾！

ISBN978-4-12-501289-6 C0293　900円　　カバーイラスト　三好載克

聖刻群龍伝
龍虎の刻5

千葉暁

《蛮人王》討伐にデュマシオンが一軍を率いて出陣した。すべてはあの侵攻から始まった。故にかの男との決着で終えるのだ。ついに――その時至る。両軍、激突！　龍虎の刻、完結！

ISBN978-4-12-501291-9 C0293　900円　　カバーイラスト　三好載克

聖刻群龍伝
龍睛の刻1

千葉暁

皇帝戴冠10周年記念式典の最大の見せ場である《操兵闘技大会》に「ありえない国」の参加を密かに企図するレクミラー。八龍の闘いに決着が着けられる。最終章、龍睛の刻、始動――。

ISBN978-4-12-501303-9 C0293　900円　　カバーイラスト　三好載克

海原育人 の本

蓮華君の不幸な夏休み

蓮華君の不幸な夏休み1

蓮華晴久は顔は恐かったが、それなりに大学生活を満喫していた。しかし、タトゥショップにかかわったことで状況は一変する。海原育人が贈るバトル・ホラー（？）・アクション!!

蓮華君の不幸な夏休み2

「あたしがしなくちゃいけないことは、
仲間を増やして三つ葉に対抗することだと思う」
赤間大地と七海那美に何も告げずにおいたせいで、
七海に大トラブル！　駆けつけた晴久は……。

蓮華君の不幸な夏休み3

凶相以外は平凡な大学生のはずの蓮華晴久が
タトゥを彫ったばっかりに、ツバメに憑かれ
びっくり人間とのバトルの日々。
ようやくツバメの正体がわかったところで、
ついにラスボス参戦か⁉

蓮華君の不幸な夏休み4

蓮華晴久はラスボスとの決戦を前に不死身の
能力を捨て去った。さらに三つ葉が突如参戦、
亘理一派の捕獲に乗り出す。圧倒的に不利な
戦力で乗り越えるのか？　どうする晴久！

イラスト／しまどりる

イラスト／白味噌

第10回C★NOVELS大賞

大賞 松葉屋なつみ

歌う峰のアリエス

紙飛行機を召還し、寄生する悪いものを取り除く毎日を送る〈羊〉たち。いっぽう、その世界の外で、失踪した天才プログラマーの跡を追う〈教授〉は……。

イラスト／sime

特別賞 読者賞 和多月かい

世界融合でウチの会社がブラックに!?

新入社員の藤崎通はいきなり融合した異世界の魔法帝国支部への配属となった。が、そこはある理由から深刻な『魔力』不足に陥っており……。

イラスト／くまの柚子

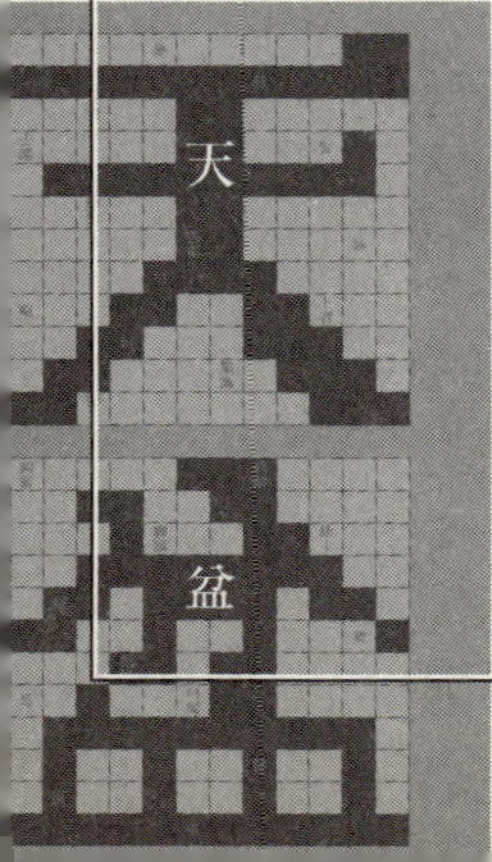

特別賞 王城夕紀

天盆

小国「蓋」を動かすのは、盤戯「天盆」に長けた者。天盆に異様な才を示す少年の出現により、国の運命が大きく変わり始め……。

〈単行本〉